DACIA MARAINI

LA PECORA DOLLY E ALTRE STORIE PER BAMBINI

Postfazione di Antonio Faeti
Illustrazioni di Nicoletta Ceccoli

BUR ragazzi
Rizzoli

ISBN 978-88-17-03107-3

Il cavolo viaggiatore

Un cavolo di un bel colore verde-azzurro desiderava tanto volare. Volgeva lo sguardo in alto, osservava le farfalle volteggiare per aria e sospirava: «Quanto vorrei trovarmi lassù!» Ma il suo corpo rimaneva ben ancorato a terra e per quanto provasse ad alzarsi e a protendere il collo non riusciva proprio a staccarsi dal suolo.

Una volta che stava guardando verso il cielo vide una rondine che faceva delle magnifiche evoluzioni e le disse: «Che belle ali hai! Perché non mi insegni a volare?»

La rondine la guardò con commiserazione e rispose che non si poteva insegnare a volare: «Si nasce come si nasce. Tu sei un cavolo e sei condannato a stare piantato per terra, io invece sono una rondine e volo. Ciao.»

Al cavolo scese una lagrima giù per la guancia spugnosa. «Perché noi cavoli non possiamo andare fra le nuvole?» si disse. E pregava Madonna Cavoletta che gli mettesse le ali. Ma per quanto ogni mattina appena alzato scrutasse ben bene sotto le foglie, non c'era traccia di ali.

Gli altri cavoli lo chiamavano per giocare con loro, ma lui non se ne curava. Stava sempre solo a guardare planare gli uccelli. Tanto che lo avevano denominato "Cavolino nelle nuvole".

Una mattina mentre stava al solito a testa in su, Cavolino vide un angelo che passava dalle sue parti, con due ali folte e bianche e un saio lungo che gli copriva tutto il corpo salvo i piedi che erano nudi. «Ehi, angelo,» gridò Cavolino, «perché non scendi un momento qui da me?» L'angelo si abbassò per salutarlo: «Così mi riposo un po',» disse. Cavolino si avvicinò fin quasi a toccarlo. Da vicino l'angelo era piccolo, con la gobba e i denti storti, ma le sue ali erano davvero magnifiche, grandi e piumose, e quando le apriva e le muoveva facevano flu flu flu…

«Come sei bello!» gli disse Cavolino, e l'angelo lo guardò sorpreso perché nessuno gli aveva mai detto che era bello. «Sei sicuro di quello che dici?» «Sì.» «Ma se tutti mi prendono in giro perché ho la gobba e i denti storti!» «A me sembri bellissimo. Le tue ali poi sono stupende.»

«Davvero? A me sembrano una maledizione: sono pesanti, goffe, e quando mi siedo a tavola non so mai dove metterle...» «Io darei metà della mia vita per avere quelle ali,» disse Cavolino. «Davvero, faresti a cambio? Tu mi dai la tua freschezza, le tue foglie carnose, il tuo colore, e io ti do la gobba e le ali pesanti, che appena viene un poco di pioggia diventano proprio di piombo e volare diventa una fatica, una fatica terribile...» «Sarei così felice!» disse il cavolo, che non credeva alle sue orecchie. «Io posso farlo, sono un angelo,» asserì l'altro. «Però, c'è un però. Sto andando alla ricerca di una ragazza che si chiama Maria e che è incinta di un bambino sacro. Le devo annunciare che quel bambino viene da Dio e che lo tenga da conto. Lo faresti tu per me?» «Io farei qualsiasi cosa se potessi volare,» rispose il cavolo.

«E allora vai,» disse l'angelo. Toccò con una piuma il cavolo che improvvisamente si sentì allungare, spingere, pulsare e dopo pochi attimi vide spuntare da sotto le foglie due ali enormi, magnifiche, che non sapeva manovrare. Voltò gli occhi e vide un gigantesco cavolo davanti a sé, e lo prese per il padre. «Che fai, papà, da queste parti?» «Non sono tuo padre, sono l'angelo,» rispose l'altro, che intanto rideva e rideva vedendo il cavolo che si stava cambiando in angelo con la gobba e i denti storti. «Guarda, ho anche i piedi,» disse Cavolino trasformato in angelo, e non la finiva più di ammirare i due piccoli piedi bianchi che sporgevano da sotto la tunica candida. «Prova a volare,» propose l'angelo (ora mutato in cavolo) rincantucciandosi nelle sue foglie. «Ho paura» rispose l'ex cavolo (ora trasformato in angelo) che intanto provava e riprovava ad allargare le ali senza riuscirci. «Te l'avevo detto che sono pesanti, prova ancora, così, così.» Il cavolo ritentò finchè non riuscì a staccare le due lunghe ali dalla schiena e a farle roteare. In quel momento si sentì sollevare e trasportare verso l'alto, come risucchiato da un vortice. «Volo, volo!» gridò guardando verso il basso. Ma vide solo un puntolino verde-azzurro che scompariva. "Sono un angelo e volo," si disse il cavolo felice e prese a volteggiare fra le nuvole, mentre il vento gli entrava in bocca e nelle orecchie facendolo starnutire. Era così bello librarsi che non avrebbe più smesso. Si faceva trasportare dalle onde dell'aria, saliva, saliva e poi di colpo si lasciava scivolare verso il basso, sfiorava la punta degli alberi con i piedi ciondoloni e poi riprendeva a

montare verso le nuvole, scansava un nembo per poter sentire il sole sul dorso.

Quando fu quasi buio e le ali gli dolevano sulla schiena, si rammentò quello che gli aveva raccomandato l'angelo: doveva andare da una certa Maria ad annunciarle un bambino benedetto. Si sedette un momento sopra un comignolo a pensare. «Dove sarà mai questo bambino?» si chiese. L'angelo non glielo aveva detto. Fra l'altro non sapeva nemmeno dove era finito. C'erano infinite cime di montagne davanti a lui e sotto si intravvedevano dei canaloni rocciosi, poi dei prati punteggiati da mucche grigie e infine un fiume che si snodava come una grossa serpe.

Ma proprio mentre stava per lasciarsi andare alla disperazione sentì il pianto di un bambino. Allora si rese conto che il comignolo apparteneva a una piccola casa, anzi, una capanna, e che dentro ci doveva essere qualcuno. Scese piano piano giù dal comignolo e si affacciò alla porta della stalla. Lì vide una giovane donna che allattava il suo bambino. «Forse sono arrivato in ritardo,» si disse il cavolo. «Come mai il bambino è già nato? Non dovevo annunciarlo io, quel citrullo?»

Entrò senza bussare. La donna lo guardò spaventata. Ma lui le sorrise con i denti storti e le disse di non avere paura: lui era l'angelo che veniva ad annunciarle per conto del Signore che da lei sarebbe nato un figliolino santo. «Il bambino è già nato» disse la donna. «Vuoi un po' di pane? Mi sembri così magro. Da dove vieni? Hai fatto molta strada?» «Sì, vengo da lontano. Forse sono in ritardo, non lo so. Ma il mio dovere l'ho fatto. Come ti chiami?» «Concettina,» disse la donna. «Mi avevano detto che ti chiamavi Maria.» «Maria Assunta Concettina,» rise la donna, e aggiunse «mi fai toccare la gobba? Porta fortuna.» «Io ti faccio toccare la gobba, ma tu poi mi dai un poco di quei pomodori che hai messo a seccare al sole, insieme al pane?» «Certo,» disse la donna, «e se vuoi ti do anche qualche foglia di cavolo. Dicono che fa bene ai gibbosi.» Cavolino vide la donna che col bambino in braccio si avviava verso il campo e strappava le foglie di un cavolo grande e grosso che si mise a gridare per il dolore. «Lascia stare il cavolo, non le voglio le sue foglie!» gridò alla donna, ma il panino era già fatto, con cavolo e pomodori secchi e un poco di olio crudo.

Cavolino sedette per terra, senza più forze. I piedi gli si erano gelati, la gobba gli doleva e gli occhi gli si erano riempiti di lagrime. «Perché maltratti così un povero cavolo che non ti ha fatto niente di male?» chiese. «Il cavolo è cieco e muto,» disse la donna porgendogli un enorme panino. «Mi devi dire qualcos'altro, angelo benedetto?» «No, niente,» disse Cavolino, e provò a districare le ali ma non ci riuscì. Erano diventate così pesanti che non ce la faceva nemmeno a sollevarle sopra la testa. Allora tirò su le gambe intorpidite, avvilito e prese a sospirare. «Se il tuo bambino è figlio del cielo,» disse alla donna, «perché non gli chiedi di alleggerirmi le ali? Così non posso più volare.» «Il mio bambino è appena nato, non capisce una parola,» rispose la donna, e riprese ad allattarlo amorevolmente. «Se vuoi ti posso dare un pettine per mettere a posto le ali spettinate.» «Non sono spettinate, sono pesanti.» «Se vuoi ti posso aiutare a salire sulla scala delle olive. Da lì potrai volare più facilmente.» «Oh come sono stanco, lasciami dormire per un poco. Dopo mi solleverò di nuovo.» «Fai come credi, io vado avanti a sbucciare piselli,» disse lei. E mentre allattava, pescava con una mano in un paniere e sgusciava i piselli cacciandoli dentro una ciotola che stava ai suoi piedi.

Cavolino si rannicchiò in un angolo e si mise

a dormire. "Ma guarda," pensò la donna, "aveva tanta fame, eppure ha lasciato il panino con le foglie di cavolo e i pomodori secchi. Si vede che il sonno e la stanchezza erano più forti dell'appetito!"

Cavolino dormì per un giorno e una notte mentre la donna puliva i piselli e allattava il bambino. Ad un certo punto Concettina si accorse che l'angelo aveva i piedi talmente gelati che gli erano diventati quasi viola. Allora prese una coperta e glieli coprì. Cavolino nel sonno emise un sospiro di piacere.

La mattina del secondo giorno Cavolino fu svegliato da un tocco sulla spalla. «Che c'è?» disse aprendo gli occhi pesti, e vide un grosso cavolo che lo scrutava. «Papà scusa, mi sono addormentato.» «Non sono tuo padre, sono l'angelo. Ma dove ti eri cacciato? Sono due giorni che ti cerco.» «Ho volato e volato. Mi sono divertito. Ma ho fatto il mio dovere, ho annunciato la lieta novella alla donna chiamata Maria.» «Hai sbagliato tutto, sei un cretino!» disse seccato l'angelo in forma di cavolo. «Quella donna non è Maria e il bambino non è Gesù.» «Davvero? Ma tu non mi avevi detto che il bambino si chiamava Gesù.» «E poi il bambino è già nato. Sei proprio uno sciocco. Non a caso si suole dire testa di cavolo! Sei proprio un cavolo e niente altro. Mi riprendo le mie ali e la mia gobba. Ti ridò le tue fogliacce che puzzano pure.» «Aspetta, fammi volare un altro po',» disse il cavolo, dispiaciuto.

Ma l'angelo gli aveva già tolto le ali e la gobba e lo aveva rimesso dentro le sue foglie cavolesche. «Hai dimenticato i piedi!» gridò Cavolino vedendo che l'angelo si apprestava a uscire dalla finestra con la lunga veste bianca svolazzante. «Non importa, non mi servono a niente i piedi,» rispose l'angelo, e andò via. «Ma io che cosa me ne faccio? Un cavolo coi piedi!» mugolò Cavolino, spiando con sospetto i grossi piedi angioleschi.

Ma quei piedi furono la sua fortuna poiché gli permisero di viaggiare, senza volare come un angelo, ma piano piano, scavalcando le montagne e passeggiando lungo i fiumi. Lo chiamarono "il cavolo viaggiatore". Ma riconobbero che per la sua grande esperienza aveva sviluppato una saggezza da filosofo. Nessuno osò strappargli le foglie, ma lo riverirono dovunque andasse chiedendogli di raccontare la meravigliosa storia dell'angelo trasformato in cavolo e del cavolo trasformato in angelo.

Scarpe di vernice

Una coppia di scarpe di vernice nera si guardava in cagnesco. Erano marito e moglie, si volevano molto bene, ma avevano l'abitudine di inciampare l'uno nell'altra. Spesso finivano per fare cascare la proprietaria delle gambe, che era una signorina alta alta e lunga lunga e molto distratta.

La signorina, che si chiamava Amalia B., aveva l'abitudine ogni sera di mettere le scarpe nella scarpiera: un armadietto stretto e basso dove dormivano altre dieci paia di calzature.

Marito e moglie scarpe di vernice nera detestavano stare al chiuso in quell'armadio perché le altre calzature invece di dormire chiacchieravano continuamente e ridevano e spettegolavano a più non posso. Erano felici quando potevano dire male di qualcuno. Spesso sussurravano che la signorina Amalia portava le calze bucate e lo sapevano solo loro ma progettavano di sbugiardarla scappando dai suoi piedi un giorno che si fosse seduta ad un tavolo di ristorante con un suo spasimante dai baffi folti e rossi. Quello spasimante lì era oggetto di molte chiacchiere perché quando veniva a trovare la signorina Amalia B. aveva l'abitudine di togliersi le scarpe e lasciarle lì a bocca aperta vicino alla porta di ingresso. Quelle scarpe, sgangherate e sporche, erano invise a tutte le altre scarpe di casa che quando le vedevano si turavano il naso, come a dire che puzzavano.

Marito e moglie scarpe di vernice nera amavano dormire quando erano nell'armadio, per svegliarsi quando venivano calzate dalla bionda signorina Amalia. Ma era difficile dormire con tutti quei pettegoli che ciciottavano tutta la notte e scoppiavano in risatine soffocate. Gli scarponcini da montagna per esempio erano particolarmente severi verso la signorina Amalia: dicevano di lei che era lunatica, melensa, che aveva i piedi a papera e si muoveva come un orso.

Marito e moglie scarpe di vernice nera tenevano molto alla classe e quando pronunciavano questa parola arricciavano la punta della scarpa. Loro venivano spolverate e lustrate più spes-

so delle altre. Erano calzature da passeggio, senza grilli, solide ed eleganti e su di loro si poteva contare.

Spesso marito e moglie scarpa sognavano le stesse cose, quando riuscivano a dormire. Poi, mentre camminavano o mentre si baciavano sotto il tavolo dell'ufficio, si raccontavano le rispettive visioni: «Tu che hai sognato stanotte?» diceva lui. «Non sai che incubo: ho visto la signorina B. che andava sotto una macchina e perdeva tutti e due i piedi. E noi venivamo buttate nella spazzatura.» «Io invece ho sognato che camminavamo sulle uova. Guardavo in basso, preoccupato, pensando di schiacciarle, e invece no, le sfioravo appena, quelle uova azzurrine...» «Come, azzurrine? Le uova sono gialline, rosate, ma non azzurre,» interrompeva la moglie e il marito si incaponiva e da lì nasceva un litigio che seguitava con una spinta, un inciampo: e la signorina finiva per terra.

Una sera, mentre marito e moglie stavano cercando di dormire nel frastuono della scarpiera, due mani frettolose li presero per il collo e li portarono all'aperto. La prima cosa che videro furono le scarpe sbandate e slacciate dell'uomo coi baffi. Che ci facevano a quell'ora della notte nella camera da letto?

La signorina si infilò le sue belle scarpe da passeggio, pulite e specchianti, e uscì facendo a due a due i gradini delle scale. Ma dove andava? Marito e moglie non ebbero neanche il tempo di porsi delle domande, tanto erano preoccupati di non scivolare su quelle scale sdrucciolevoli e buie.

Infine arrivarono per la strada e sentirono qualcosa di caldo che gocciolava sul loro dorso. La signorina Amalia stava piangendo e loro erano talmente stupiti che non osarono nemmeno fiatare. I piedi ripresero a correre sulla strada di asfalto, sotto i lampioni del lungo fiume. Poi d'improvviso si fermarono proprio a ridosso della spalletta del ponte. Le scarpe sentirono il risucchio che facevano le acque sotto i piloni del ponte. La signorina Amalia, con gesti rabbiosi, a scatti, si liberò di loro e le gettò di sotto.

In un attimo marito e moglie si trovarono a volare per aria e poi in mezzo alla corrente gelata, capovolte e senza speranza. Un attimo dopo sentirono un tonfo. La signorina Amalia si era buttata dopo di loro e ora annaspava gridando aiuto. Le due scarpe le si fecero accosto, la presero per le braccia e la portarono a riva, dove rovesciarono tanta di quell'acqua che sembravano due barche piene di buchi.

Quando la videro alzarsi tutta infreddolita e fradicia d'acqua ebbero paura che tornasse nel fiume. Invece si accorsero con sorpresa che affrontava risoluta la salita verso la strada. Allora temettero che li avrebbe abbandonati lì sulla riva fangosa. Ma si sbagliavano, perché la signorina Amalia, per quanto sciocca, aveva il senso della gratitudine, e appena si accorse di essere a piedi nudi tornò indietro di fretta per prenderle. E da quel giorno le due scarpe furono pulite, lucidate e tenute con molta considerazione nella camera da letto della signorina, senza finire dentro la scarpiera accanto alle altre pettegole e infingarde, soprattutto lontano dagli scarponcini che avevano sempre da ridire su tutto e su tutti. L'uomo dai baffi rossi fu sostituito da uno coi baffi biondi e per quanto passassero molte volte sul ponte, non si fermarono più accanto alla spalletta e non sentirono più il caldo delle lagrime sulla tomaia.

Dalla cucina di un re

C'era una volta un coperchio di vetro elegante e bellissimo che si vantava di venire dalla cucina di un re. Ora si trovava non si sa per quale disgrazia ad essere sposato con una pentola di alluminio da quattro soldi tutta storta e ammaccata, e questo lo faceva infuriare. Per giunta in quella pentola bollivano in continuazione broccoli, patate, fagioli e cipolle, che mandavano odori considerati da lui assolutamente bassi e volgari.

Lui, l'elegante coperchio, che era stato abituato a pentole di acciaio inossidabile in una cucina pulita e spaziosa, fra rubinetti di porcellana e ferro smaltato, lui che aveva aspirato profumo di pernici all'arancio, di *vol-au-vent* pieni di crema ai funghi, e di sorbetti al cassis, non riusciva proprio ad abituarsi a quell'atmosfera plebea.

«Meglio una moglie che niente,» diceva la

pentola che intanto cucinava anche per lui, mattina e sera, grandi zuppe condite con aglio e cipolla e puro olio di oliva. Ma sapeva che il bellissimo coperchio non la considerava affatto. «Non è una questione di ceto,» le spiegava con voce sapiente. A lui le popolane piacevano, sua madre non era stata una teglia, e delle più comuni? «È una questione di cultura,» diceva togliendosi qualche goccia di grasso di dosso e osservandosi nel riflesso della finestra. «Non si tratta di soldi ma di intelletto,» concludeva soddisfatto. Sapeva la pentola chi era il principe Orlov? No, non lo sapeva. Ecco, lui invece sì, e questo faceva la differenza fra di loro.

La pentola era mortificata da queste continue punzecchiature e si faceva sempre più piccola e storta. Quando sentiva il marito salirle sulla testa con fare elegante e disinvolto si sentiva morire d'amore. "Lui forse non mi ama," pensava, "ma io lo amo per due." E cercava ogni tanto di cucinare solo per lui qualche manicaretto delicato, che so, una fricassea al vino del Reno o una torta di mele affogate nel rum. Ma lui sbuffava, non era mai contento. Quando stava sulla testa di lei, smaniava, starnutiva, si torceva, rischiando continuamente di cadere di sotto. Ma lei lo reggeva e se lo guardava innamorata, come un ciuco. "Io certo non me lo merito," si diceva, "e perciò devo compiacerlo. Altrimenti si stuferà di me e mi pianterà come ha fatto lo scopino con la pattumiera. Come avrà potuto sposare una pentola poco elegante come me non lo so proprio, ma io lo amo e farò di tutto per mostrarmi degna di lui. Deve essere caduto in disgrazia per finire in una cucina simile e per avere una pentola come me per moglie. Non me lo perdonerà mai. Ma io cercherò di aiutarlo in tutti i modi."

Il coperchio di vetro aveva sulla testa un bellissimo pomello di cristallo sfaccettato e sopra il cristallo, a chiudere il chiodo d'argento che lo teneva ritto, una pallina di legno di ulivo. Era proprio una gioia a guardarsi. E tutti si chiedevano da dove fosse saltata fuori una tale bellezza di coperchio in una cucina povera e sgangherata come quella.

Un giorno qualcuno, sbattendo i piatti nel lavello, raccontò la storia del coperchio di vetro come se fosse la cosa più naturale del mondo: in effetti quel coperchio apparteneva a un'altra cucina, a un'altra pentola tutta di cristallo, che era stata di proprietà di un principe siciliano. Ma il principe, avendo fatto delle speculazioni sbagliate, aveva perso tutto. Il figlio del principe, il principino Cipì, come lo chiamavano, era molto affezionato a quel coperchio e quando erano venuti a sequestrare il patrimonio, l'aveva sepolto sotto un fico in giardino.

In seguito la famiglia, che era composta dal padre, da Cipì e da una sorella secchiona, era andata a vivere in un appartamentino di periferia, e Cipì si era portato il coperchio con sé, chiuso dentro la fodera di un cuscino, insieme con un vecchio orso spelacchiato che gli era stato regalato quando aveva due anni e a cui teneva moltissimo.

Cipì aveva frequentato la scuola pubblica, era diventato prima un giovincello pieno di ambizioni e poi un uomo dalle molte pretese ma incapace di guadagnarsi una lira. Andava in giro vestito come un barbone e beveva dalla mattina alla sera spendendo quei pochi soldi che gli regalava la sorella, ora avvocatessa in uno studio di Milano. Era arrivato a vivere in un sottoscala, il principino Cipì, e non possedeva niente salvo quel coperchio di pentola e quell'orso spelacchiato. Era andato a finire in prigione, ne era uscito, aveva litigato con poliziotti e portinai per la sua mania di dormire negli androni dei palazzi.

Finché un giorno, quando già stava per raggiungere i sessant'anni, una nipotina diciotten-
ne che viveva a Milano, leggeva le carte e si faceva i ricci con l'arricciacapelli lo andò a trovare
e gli disse: «La mia mamma, che era tua sorella, è morta. Ma prima di andarsene mi ha detto:
abbi cura di tuo zio, che è ancora un bambino e
ha bisogno di qualcuno che gli badi, vai a cer-
carlo e vogligli bene; perciò sono qui... Ho una
casa a Milano, ho un po' di soldi che mi ha lasciato la mamma. In più faccio l'insegnante di
ginnastica. Vuoi venire a vivere da me?»

Cipì piangeva dalla gioia. «Posso portare il
mio vecchio orso e il coperchio di vetro?» chiese ansioso, e lei gli rispose con una risata. E
quindi se lo prese in casa, e con lui prese anche
il coperchio e l'orso. Ma l'orso però di lì a poco
schiattò perché cadde in una pozza d'acqua, lo
misero ad asciugare su un termosifone e quando fu asciutto si accorsero che era tutto spacca-
to: dalla pelliccia sintetica che lo racchiudeva
uscivano rivoli di segatura bruna e sporca. La
giovane nipote che si chiamava Ginevra, lo sca-
raventò dal terzo piano nonostante le proteste
del principino. Ma non gettò il coperchio della

pentola, che le sembrò bello e luminoso.

Ecco come quel coperchio da principi era finito nel piccolo appartamento milanese. La nipote Ginevra era vegetariana e amava cuocere le sue verdure dentro l'unica pentola capiente che aveva. E per controllare le carote e i sedani e le cipolle che bollivano usava quel coperchio elegante e raffinato, con il suo pomello di cristallo e la sua capoccetta di ulivo che girava e fischiava quando l'acqua raggiungeva i cento gradi.

Un giorno, non si sa come, capitò in casa di Ginevra che faceva l'insegnante di ginnastica e dello zio Cipì che passava il tempo a bere e a leggere romanzi gialli, una tazzina di Sèvres senza piattino. Era una tazzina così leggera e delicata che sembrava trasparente. Il bordo era ricoperto da una lunga striscia d'oro scintillante che la inghirlandava delicatamente. Sul fondo della porcellana bianca era dipinta una ballerina che si sollevava sulla punta dei piedi. E quando la tazza era piena di tè – ma doveva trattarsi di un tè profumato, chiaro, chiaro – si poteva vedere la ballerina che si muoveva a destra e a sinistra come un'alga sul fondo del mare.

Inutile dire che il coperchio di vetro si innamorò perdutamente di quella tazzina appena la vide, e prese a corteggiarla con sfacciata insistenza.

La tazzina invece non gli dava retta perché aspettava il suo piattino di cui era sempre innamorata. Ma il coperchio non si dava per vinto e passava il tempo a mettersi in mostra fischiando col suo cappuccetto di cristallo, ostentando le sue bellezze sotto le lampade brillanti della cucina.

«Era il più affettuoso piattino della terra,» confidava la tazzina alla pentola con cui aveva fatto amicizia. «Sarà stato buttato via,» interveniva il coperchio che ascoltava e si disperava per quel rifiuto. Ma la tazzina di Sèvres, nonostante la sua fragilità e la sua delicatezza, era cocciuta come un mulo e non smetteva di cercare il suo piattino, convinta che l'avrebbe visto un giorno entrare dalla porta come se niente fosse.

Ma una sera, una brutta sera, mentre la pentola giaceva lavata e pulita sul lavello e il coperchio faceva gli occhi dolci alla tazzina, si sentirono degli urli prolungati e dei rumori di porte sbattute. Cosa stava succedendo? Dopo un po' capirono che era Ginevra che se la prendeva con lo zio perché tornando a casa dal lavoro

aveva trovato il cassetto dove teneva i denari forzato e i soldi dell'ultimo stipendio spariti. «Sono stufa di te, non ti voglio più!» gridava la ragazza e urlando gettava fuori dalla porta le scarpe sporche del principino Cipì, i suoi pettini senza denti, le sue giacche sformate, i suoi libri gialli, le sue bottiglie vuote.

Lui, il principino Cipì, non c'era, altrimenti chissà cosa gli avrebbe rovesciato in testa la nipote infuriata.

«L'ho preso in casa per amore di mia madre, nonostante le sue unghie sporche, il suo russare, la sua mania di bere, ma lui, nonostante l'abbia servito e nutrito, coccolato e sostenuto, ha continuato a bere e ora mi ruba pure il denaro dello stipendio... basta, adesso te ne vai!» E piangeva e gridava scagliando tutte le cose di lui sul pianerottolo. Per ultimo fu lanciato il coperchio di vetro e cristallo che prese a rotolare per le scale come un disco impazzito. Arrivò in fondo con un tonfo, sbatté contro la porta d'ingresso e si ruppe in due.

La pentola piangeva da una parte, la tazzina di Sèvres diceva oh oh per la sorpresa e non sapeva che fare. Le due disperate uscirono sul pianerottolo e videro il coperchio che rantolava in fondo alle scale. Scesero di corsa sorreggendosi a vicenda per non attirare l'attenzione dei vicini col rumore di vasellame. Ma era notte e non si vedeva un'anima in giro.

Arrivate al pianterreno, presero le due metà del coperchio e le unirono insieme con la colla Artiglio che la pentola si era portata dietro. Poi lo sollevarono e lo ricondussero in cucina mentre Ginevra continuava a piangere in camera da letto.

Più tardi, la pentola e la tazzina videro il principino Cipì che tornava a casa, spingeva la porta che era rimasta aperta, si affacciava alla stanza della nipote per salutare, riceveva un'altra bordata di urlacci e se ne andava in punta di piedi con l'aria mortificata e offesa.

La pentola e la tazzina stavano per mettersi a dormire quando sentirono di nuovo i passi del principino che tornavano indietro. «Vuole il suo coperchio,» disse la tazzina di Sèvres. «Nascondiamolo!» aggiunse la pentola e con gesti rapidi cacciò il bel coperchio di vetro con la sua manopolina di cristallo sotto un mucchio di stracci in fondo alla pattumiera, che era sua amica.

Il vecchio Cipì cercò, rovistò dappertutto, ma non fu capace di ritrovare il coperchio di vetro a cui era tanto affezionato. «Dove hai messo il mio coperchio, nipotaccia?» lo sentirono urlare. E dall'altra parte della porta si udì una voce da fantasma che diceva: «Non lo so.» «Per questo me la pagherai!» dichiarò lui con voce flebile, e se ne uscì per sempre.

Il coperchio guarì dalle sue ferite. Fu rimesso sulla pentola e smise di darsi delle arie. Ora era un rottame anche lui. Intanto non fischiava più, e poi il suo bel bottone di cristallo sfaccettato era ridotto a un torsolo, come se fosse stato rosicchiato dai topi. Ma non per questo smise di corteggiare la bella tazzina di Sèvres, di guardare con occhi sognanti la ballerina che ad ogni onda di tè chiaro fluttuava come un'alga in fondo al mare.

Un giorno però successe qualcosa che nessuno avrebbe pensato potesse succedere. Il campanello della porta suonò, Ginevra andò ad aprire e si trovò davanti nientedimeno che il piattino di Sèvres tutto bordato d'oro, che dopo essersi riposato e aver fatto una doccia raccontò le sue avventure: i ladri avevano rubato sia lui che la tazzina dalla casa di un notaio insieme a molte posate d'argento e a una zuccheriera dai manici d'oro. Avevano poi venduto ogni cosa a un ricettatore che abitava nel quar-

tiere. Il ricettatore aveva a sua volta ceduto la re-
furtiva ad un antiquario. Costui aveva portato
quegli oggetti al suo negozio. Di notte era so-
praggiunto il figlio, un giovanotto con la faccia
da bambino e un paio di occhiali da sole che
portava anche di notte, e aveva rubato al padre
un chilo di posate d'argento e la tazzina di Sèvres con il suo piattino dorato. Ma nel cacciarle
dentro un sacco, il piattino si era sbrecciato.

Il figlio del ricettatore, vedendo quel piattino
rotto e pensando che non avrebbe potuto ven-
derlo, l'aveva gettato nella pattumiera. E aveva
portato in regalo alla ragazza che ammirava da
tanto, una certa Ginevra, la sola tazzina bianca
e oro con la ballerina che si muoveva sul fondo.

L'antiquario poi aveva trovato il piattino di Sèvres nel cestino della carta straccia del figlio e
così aveva capito chi era stato a rubargli l'ar-
genteria. Aveva pensato di denunciarlo; ma poiché anche lui aveva attinto a un furto, si era deciso a tacere. Però aveva fatto fare delle chiavi
nuove e da quel momento si era messo a chiudere ogni sera la porta a doppia mandata.

Il piattino, che era rimasto dentro il cestino
della carta straccia, quando venne la notte,
saltò fuori e dopo molte vicissitudini che lo por-

tarono fino in Africa, trovò istintivamente la strada della casa di Ginevra, dove sapeva che c'era la sua bella tazzina. Eccolo infatti che tremava e saltava per la gioia di averla trovata. «Come ti hanno trattata?» chiese.

«La pentola è una mia amica, molto simpatica e generosa. Il coperchio di vetro invece voleva a tutti i costi che mi innamorassi di lui.»

Il piattino non aspettò neanche un secondo: si voltò e diede un gran pugno al coperchio scheggiandolo da una parte e lasciandolo lì tramortito. Chi avrebbe mai detto che un piattino di Sèvres avesse una tal forza!

La pentola cacciò un urlo e andò a difendere il suo coperchio di vetro che piangeva e diceva: «Aiuto, aiuto, mi ammazzano!» La innamorata lo prese in braccio, lo coccolò, gli ripulì le ferite e lo riempì di tanto amore che lui ne fu beato. «Ma lo sai che l'amore è contagioso!» le disse alla fine, «a furia di amarmi, hai fatto venire l'amore anche a me.» E l'abbracciò con tanta tenerezza che la pentola si mise a bollire per la gioia. Da quel giorno vissero felici e contenti, la pentola col coperchio, anche se ormai il suo vetro era appannato e scheggiato, e la tazzina di Sèvres col suo piattino di porcellana bordata d'oro.

La Cornacchia del Canadà

Oh belle belle belle,
ragazzine venite qua,
a sentire la storiella
della cornacchia del Canadà.

Un giorno la cornacchia
Se ne stava su di un prato
E il corvo dalla finestra
Le faceva l'occhiolino.

Ma la cornacchia bella
Si infischiava di quell'amor
Perché sotto sull'erbetta
C'era Cecchino il cacciator.

Così cantava la madre della bambina chiamata
Pallina, che aveva cinque anni e non voleva
mangiare. «Mangia, amore mio, fallo per me»
diceva la madre che guardava con disperazione
le braccine della figlia farsi sempre più magre.

La bambina rispondeva: «Mangio se mi racconti la storia della cornacchia del Canadà.» E la mamma cominciava: «C'era una volta una cornacchia molto elegante e molto bella che si era innamorata di un cacciatore. La cornacchia era nera come la notte e aveva le piume lunghe, lucide e luminose come tante stelle. Il suo becco era di ambra chiara e risplendeva come un tuorlo d'uovo. Le sue zampe erano scure e tenaci, il suo petto era di un nero quasi azzurro, soffice e profumato. Tutti i corvi della zona erano innamorati di quella cornacchia. Ma lei non li guardava nemmeno. Lei amava Cecchino il cacciatore, per il suo ciuffo bruno, per le sue brache color tabacco, per la sua bella camicia candida, per il fucile di metallo color argento che portava sempre al suo fianco.»

«Perché ti fermi, mamma?» supplicava la bambina. E osservava la giovane e bella madre che si specchiava in un portacipria minuscolo e si passava il rossetto sulle labbra. Era un rossetto che aveva dei riflessi d'oro e faceva pensare al becco d'ambra della cornacchia. «Allora?» insisteva la bambina, e la madre riprendeva sospirando: «Quanta pazienza con te, Pallina... Dunque, la cornacchia, che si chiamava Oriente, si lustrava le penne tutta la notte per essere bella e pronta la mattina presto quando il suo Cecchino usciva per andare a caccia. E se Cecchino colpiva una lepre che saltellava in lontananza, Oriente fischiava per l'ammirazione. "Che mira che ha il mio cacciatore!" diceva a voce alta, e scuoteva le belle piume per farsi ammirare. Ma il cacciatore non la guardava nemmeno. Una cornacchia non è interessante per un cacciatore. Forse che si mangia, una cornacchia? Forse che la sua carne ha qualche pregio? No, quindi che volino indisturbate, emettendo quel verso gutturale e sgraziato! Ma Oriente non si dava per vinta. Cercava in tutti i modi di attirare l'attenzione del cacciatore: gracchiava appena lo scorgeva da lontano, lo seguiva svolazzando da un albero all'altro, lo applaudiva battendo le ali quando lo vedeva colpire un animale in corsa, che fosse una lepre o un cinghiale o una pernice.

Il più assiduo corteggiatore, un bel corvo dalle ali scure e dagli occhi gialli come l'agata, la prendeva in giro: "Quell'uomo se ne infischia di te. Perché non ti guardi intorno? Noi siamo meglio di lui. Cosa ci trovi in quel citrullo?" Ma lei faceva spallucce. Che potevano sapere quei corvacci neri dello splendore e della delizia? Il suo Cecchino era biondo e spensierato, cantava con voce di angelo, aveva delle scarpe coi lacci che erano una meraviglia, adoperava il suo fucile come fosse la lancia di un antico guerriero. Come potevano confrontarsi con lui, quegli ignoranti e presuntuosi? Lei aveva perfino scritto una pagina di un libro, una volta. Forse non proprio scritto, perché non sapeva scrivere, ma vi aveva appoggiato le zampe sopra e vi aveva lasciato delle piccole impronte scure che assomigliavano molto ai segni dei libri.

Era stato Cecchino a darle l'idea. Dopo una intera mattinata di caccia infatti il giovane uomo aveva l'abitudine di sedersi sotto un albero. Lì tirava fuori un libricino e se lo teneva davanti al naso anche per un'ora buona. Ma che ci sarà mai dentro quel coso? si chiedeva la cornacchia gelosa, e un giorno si appollaiò proprio sopra la testa del cacciatore, su un ramo di fico che sporgeva, e si mise a scrutare l'oggetto dell'attenzione di Cecchino. Dentro quel coso che l'uomo chiamava libro aveva visto dei caratteri neri, come le tracce dello zampettio di un uccello che si è imbrattato gli artigli. Così aveva fatto anche lei per attirare l'attenzione del suo amato: aveva trovato un foglio bianco dentro la pattumiera, era andata a stropicciarsi le zampe nella cenere nera e poi con calma si era messa a passeggiare sulla carta che presto si era riempita di piccoli ramoscelli color pece. Poi aveva fatto in modo che Cecchino trovasse la lettera uscendo la mattina per andare a caccia. Sperando che si fermasse, l'afferrasse e ci mettesse il naso sopra come faceva con i libri. Ma lui, appena uscito, ci aveva appoggiato un piede sopra e si era pure indispettito perché la cenere umida gli aveva incollato alla suola il foglio di carta.»

«Mamma, perché ti fermi?» chiese la bambina vedendola, distratta. La giovane e bella mamma stava ora spiando le mosse di un giovanotto biondo e scamiciato che attraversava la strada. Per questo si era messa il rossetto! pensò la bambina. E aspettò trepidante che l'uomo girasse l'angolo. E invece, anziché in direzione della piazza, l'uomo venne dritto verso di loro, afferrò la mano della giovane madre dal rossetto appena cosparso sulle labbra carnose e la baciò teneramente.

«Allora, mamma, che è successo alla cornacchia?» chiese la bambina mentre l'uomo si chinava malizioso verso l'orecchio della donna e le parlava in segreto.

«Mi finisci la storia, mamma?»

«Te la finisco io,» disse il giovane cortese. E continuò con una bella e morbida voce che le giunse come una carezza all'orecchio: «La cornacchia un giorno, per farsi notare, svolazzò in lungo e in largo sulla testa del cacciatore che era in collera perché, per quanto avesse attraversato boschi e deserti, non aveva trovato nemmeno un topo da stanare e stava accingendosi a tornare a casa a mani vuote. Vide la cornacchia, la ammirò per quelle sue evoluzioni, ma poi fece un gesto con la mano come per cacciare l'uccellaccio fastidioso. La cornacchia però, che per la prima volta si sentiva guardata e anche con attenzione, anziché andarsene si fece amorosamente vicina al suo idolo, più vicina di quanto fosse mai stata, fin quasi a toccarlo col becco. A quel punto l'uomo smise di sorridere, alzò il fucile e le sparò.»

«Ma perché,» chiese la bambina, «se le cornacchie non si mangiano?»

«Perché l'aveva seccato con tutte quelle moine,» disse il giovanotto, e rise.

La bambina notò che il giovane aveva la camicia bianca come il cacciatore Cecchino. Con un braccio coperto da quella camicia bianca scintillante l'uomo cinse la vita della giovane bella mamma e si allontanò, lasciando lì la bambina, seduta sulla panchina dei giardinetti, col cadavere della cornacchia in grembo.

La pecora Dolly

Dolly si alzò dal letto di fieno e starnutì. Poi si guardò intorno in cerca della madre. Ma invece della madre si trovò davanti un'altra pecora che sembrava sua sorella gemella. Aveva lo stesso muso allungato, le stesse orecchie dal pelo bianco arricciolato, gli stessi occhi giallognoli, e una bella bocca del colore della notte.

«E tu chi sei?»

«Io sono Dolly.»

«No, Dolly sono io.»

«Forse ti sbagli: io sono Dolly, tu avrai un altro nome.»

«No, sarai tu ad avere un altro nome. Io sono Dolly.»

«Dolly come?»

«Dolly, pecora abruzzese.»

«Anch'io sono Dolly, pecora abruzzese.»

«Ma sai che sei cocciuta come un asino?»

«Sei tu cocciuta come un asino.»

«Tua mamma come si chiama?»

«Non lo so, ma io so che mi chiamo Dolly.»

«Ah, ma sei proprio una testona. Sono io Dolly.»

«Chiediamolo a tuo padre. Dov'è tuo padre?»

«Mio padre se lo sono portato via. Non c'è.»

«Anche il mio forse se lo sono portato via. Non l'ho mai visto.»

«Tu mi copi, non fai che copiarmi.»

«Cosa c'è scritto sul tuo passaporto?»

«C'è scritto Dolly, pecora abruzzese.»

«Nel mio passaporto c'è scritto lo stesso.»

«Eppure io non ho sorelle.»

«Nemmeno io.»

«Chiediamo alla mamma.»

«Chiediamo alla mamma.»

«Mamma, chi sono io?»

Silenzio. Nessuno rispose. La pecora Dolly si guardò intorno e vide le solite pecore, cognate, cugine e zie, ma non vide la madre.

«La mamma non c'è più, forse se la sono mangiata.»

«Come fai a dire che se la sono mangiata? Forse è andata in viaggio.»

«Non aveva neanche una valigia. Come poteva partire senza valigia?»

«Povera mamma. Chi se la sarà mangiata?»

«Qualcuno che aveva fame.»

«Comunque, mamma o no, io sono Dolly e tu racconti balle.»

«No, io sono Dolly, e tu racconti balle.»

Le due Dolly presero a darsi testate. Le cugine, le zie le guardavano sorprese. Le pecore di solito sono miti e gentili. Cosa era successo a quelle due? La più anziana, che chiamavano "la filosofa", si avvicinò e disse: «Basta. Smettetela di litigare.»

«Io sono Dolly, e lei racconta balle,» disse una delle due Dolly.

«Sono io Dolly, e lei racconta balle,» incalzò l'altra.

«Forse siete tutte e due Dolly. Sarete sorelle gemelle,» decretò la vecchia pecora filosofa, e le divise.

«Perlomeno cambia nome!» insisté la prima Dolly. «Fatti chiamare Maria.»

«Cambialo tu, il nome. Io sono Dolly e basta.»

E ripresero a darsi testate: e bum e bum, si erano coperte di bernoccoli sul muso e avevano già perso due denti. La filosofa chiamò il cane pastore più vicino e le fece dividere a furia di

abbaiate e morsi negli stinchi. Ma anche separate, le due pecore continuarono a insultarsi e
darsi della bugiarda.

Quella sera, la pecora filosofa andò a trovare
la capra Manu che stava in cima alla montagna
e le raccontò quello che era successo nel suo
gregge quella mattina. «Sono due pecore identiche, si chiamano tutte e due Dolly e non si possono sopportare. Che devo fare?»

La capra ci pensò a lungo, grattandosi la bar-
betta che le pendeva dal mento.

«Hai chiesto alla madre?»

«La madre non c'è più.»

«È stata mangiata?»

«Non lo so. È sparita.»

«Perché non lo chiedi al cane del pastore?»

«Non ne sa niente.»

«Allora chiedilo al pastore.»

La pecora filosofa ringraziò la saggia capra
Manu e se ne tornò al gregge nel fondovalle.
Trovò le due Dolly che invece di brucare l'erba
come facevano le altre, passavano il tempo a ri-
petere: «Io sono la vera Dolly, io sono la vera
Dolly,» sputando l'una all'indirizzo dell'altra.

La pecora filosofa andò quella sera stessa a
parlare col pastore che dormiva dentro una ca-

panna, accanto a una bottiglia di vino.

«Che litighino!» disse il pastore ridacchiando. «Che importanza ha?»

«Ne ha, perché le altre pecore diventano nervose, non producono più latte. È un danno anche per voi.»

«Non sono io che prendo i soldi, lo sai. Io sono un povero emigrato marocchino. Mi pagano quattro soldi. Cosa vuoi che me ne importi di quelle due!»

«Ma perché sono uguali identiche? Come è potuto succedere?»

«E che ne so? Per me siete tutte uguali comunque.»

«Ma non è vero. Siamo tutte diverse. E se ci guardi bene, te ne accorgi.»

«A me non importa niente delle vostre beghe. Lasciami in pace, stupida.»

«Cosa vuoi ricavare da un pastore?» si chiese sconsolata la pecora filosofa. E lasciò dormire il pover'uomo che non vedeva l'ora di mettersi a sognare la sua casa di Rabat col cortile ombroso invaso da bimbetti che erano il suo ritratto.

Il giorno dopo le pecore, appena sveglie, ebbero la sorpresa di vedere la mamma delle due Dolly che tornava al gregge, tutta elegante, con un paio di scarpe dai tacchi alti, una mantellina grigio perla, il cappellino coperto di ciliegie e una bella valigia di tela blu.

«E tu da dove vieni?» chiese la vecchia saggia.

«Sono stata in viaggio. Occupati dei fatti tuoi.»

«Devi risolvere la questione delle due Dolly. Qual è la tua vera figlia?»

«Non lo so. È venuto un signore e mi ha dato un biglietto per la Polinesia in cambio dell'ultima nata. Ha detto che mi avrebbe fatto una sorpresa. Ed ecco la sorpresa. Potevo farla anche da sola un'altra figlia.»

«Ma quella non è una figlia. È un doppione. Una cosa che non esiste in natura. È un'altra Dolly e giustamente la prima protesta.»

«Che protesti pure. Io intanto ho fatto il più bel viaggio della mia vita. Vuoi sapere cosa ho visto? Pensa: degli alberghi così alti che devi farti tirare su da un paniere per salire al terzo piano. Ho dormito in letti coperti di seta. Ho preso il sole su spiagge dalla sabbia così fine che sembrava cipria. Ho fatto il bagno in acque così pulite e profumate che sembravano fatte d'aria. Ho mangiato gelati così buoni che ancora mi lecco i baffi.»

«Sei una vera egoista,» disse la vecchia pecora filosofa, «hai pensato solo a te stessa. E di quella povera Dolly sdoppiata adesso che te ne fai?»

«Faranno la pace. Diventeranno amiche. Non te la prendere. Vuoi vedere le conchiglie che ho raccolto nell'isola di Bora Bora?»

«Non voglio vedere niente. Ti sei venduta per un piatto di lenticchie.»

«No, per un magnifico viaggio in Polinesia. E ti assicuro che ne valeva la pena.»

Quando Dolly prima e Dolly seconda videro la madre, le andarono incontro felici.

«Ora la mamma ci dirà chi è la vera Dolly,» gridarono insieme.

La pecora mamma le abbracciò entusiasta. Poi posò la valigia. Si tolse il cappello. Si allontanò di qualche passo. Tornò indietro. Socchiuse le palpebre. Sembrava un geometra che prende delle misure importanti. Ma alla fine dovette ammettere che non sapeva distinguere fra le due Dolly. «Una l'ho fatta io e l'altra no, è figlia delle macchine, ma non so dire quale sia quella vera.»

Le due Dolly ripresero a litigare e a rinfacciarsi di essere bugiarde e false. Il cane pastore aveva un gran daffare a tenerle separate, altrimenti si sarebbero prese a testate fino a uccidersi. Così andarono avanti per diversi mesi. Finché arrivò la primavera con le erbe nuove profumate.

Un giorno, una bella mattina tiepida di sole, le pecore videro arrivare un uomo che sembrava uno spaventapasseri: aveva degli strani aggeggi appesi alle spalle e alle braccia. L'uomo si arrampicò fino alla collina dove stavano sparse le pecore a brucare, posò le sue carabattole da cui aveva tirato fuori delle macchine che mandavano lampi e prese a seguirle.

Le pecore, un poco sorprese, un poco incuriosite, ogni tanto alzavano la testa per vedere che cosa facesse quello spaventapasseri in mezzo a loro. Sembrava molto interessato ai loro movimenti. Eppure non era un pastore e non era nemmeno il proprietario che ogni tanto veniva a trovarle, tutto vestito di bianco.

Ma presto si accorsero che l'uomo non era interessato al gregge, bensì alle due Dolly. Le quali, per la prima volta, sebbene fossero identiche, presero a comportarsi in modo diverso: una scappava seccata, insospettita da quell'attenzione, mentre l'altra cominciò a gonfiarsi e a mettersi in mostra.

Quella sera Dolly seconda andò dalla madre e le disse: «Sai, mi sono innamorata.»

«E di chi?»

«Dell'uomo dalle macchine appese.»

La madre la guardò a lungo e poi disse: «Ecco, finalmente ho capito chi è la mia vera figlia. Tu sei nata dalle macchine e puoi innamorarti di un uomo-macchina. L'altra, che pensa solo a brucare l'erba, è una vera pecora. Tu no.»

E la cacciò dal gregge facendo contenta la prima Dolly che prese a pavoneggiarsi con le altre pecore, si mise accanto alla madre e non la lasciò più.

La seconda Dolly, quella nata dalle macchine si ritrovò sola e abbandonata. Per fortuna il suo amore, l'uomo dai tanti apparecchi che mandavano lampi, tornò a fotografarla. Lei si mise in posa. Gli mandò un bacio e disse: «Sai, ho deciso di venire a vivere con te. Io in realtà non sono una vera pecora. Io sono qualcos'altro e credo che tu lo sappia. Andiamo in città!»

L'uomo la guardò spaventato. «Ma io ho una moglie e dei figli,» disse balbettando.

«E che c'è di male? Forse che il nostro pastore non ha tre mogli nel suo paese? Io sarò la tua seconda moglie.»

Il fotografo ci rifletté sopra: avendola a casa, la pecora Dolly, quante fotografie avrebbe potuto farle! E ci avrebbe guadagnato anche molto, perché tutti volevano le foto di quella stupida pecora. E allora acconsentì. Caricò la pecora clonata sul suo fuoristrada e se la portò in città.

Che fosse una pecora copiata, quella scappata in città col fotografo, il gregge lo imparò a proprie spese. Quando il proprietario scoprì che poteva guadagnarci sopra, decise di prendere lui i soldi per andare in Polinesia, con moglie e figli e di concedere lui il permesso ad altre pecore di essere clonate.

«Io ti dico che stai facendo una sciocchezza,» disse la vecchia pecora filosofa al proprietario. Ma non fu ascoltata.

Da quel giorno molte altre pecore furono clonate e il gregge divenne un inferno di litigi. Le madri non riconobbero le figlie, che si prendevano a testate, e i cani pastori non ce la facevano più a tenerle divise. Il gregge smise di fare il latte e molte pecore furono costrette ad andare dall'analista perché erano depresse e infelici.

Finché un giorno la vecchia filosofa disse: «Ora basta.» Si vestì con un vecchio tailleur arancione e andò all'ONU a difendere le sue ragioni, che tutti ascoltarono con molta attenzione. Le pagarono pure l'albergo e le fecero molte fotografie. Ma poi si misero a litigare per decidere se fare o meno una legge per impedire la clonazione.

A questo punto la vecchia pecora filosofa capì che anche gli uomini non andavano d'accordo e se ne tornò al gregge decidendo di trovare una soluzione fra pecore, senza l'aiuto degli uomini.

La pelliccia di volpe

Una bella signora bionda scendeva per la strada con addosso un cappotto foderato di pelliccia.

All'altezza del semaforo incontrò una volpe dalla zampa ferita che camminava zoppicando, con l'aria affaticata.

«Povera volpe,» disse la donna osservando la zampa ferita, «posso fare qualcosa per te?»

«Sono giorni e giorni che cammino, ho fame,» disse la volpe agitando la coda.

«Vieni a casa mia, ti curerò la zampa.»

"Che persona gentile!" si disse la volpe, che era abituata ad essere cacciata da tutte le parti.

«Vieni con me, come ti chiami?» chiese la signora bionda.

«Mia madre mi chiamava Tu-tu.»

«Vieni, Tu-tu, che ti metto del disinfettante sulla ferita.»

La volpe seguì la signora bionda in fondo alla

strada dove c'era un cancello di ferro. La donna spinse il cancello accompagnata dall'animale e poi aprì la porta di casa e fece entrare la volpe.

«Che fai in giro per la città?» chiese la signora bionda.

«Sto cercando la mia mamma che è scomparsa da un mese.»

«E il papà dove ce l'hai?»

«Il papà non ce l'ho mai avuto. La mia mamma è rimasta incinta di un volpino rosso che poi è sparito e non si è fatto più vivo.»

«Non ha scritto nemmeno una cartolina?»

«Nemmeno una cartolina.»

«Ma che strano: anche mio padre se n'è andato quando io ero bambina senza dire dove e non ha mai scritto nemmeno una cartolina.»

«Me lo dai qualcosa da mangiare?»

«Vuoi una caramella, un cioccolatino?» disse la donna, mettendosi a cercare per tutta la casa.

«No, vorrei un pollo.»

«Non ho polli, mi dispiace. Ma ora vieni qui che ti disinfetto la zampina.»

E con molto garbo e molta delicatezza la donna pulì con l'acqua ossigenata la zampa della volpe. Gliela fasciò e ci mise pure un cerottino per fermare la garza.

«Ma dimmi, come te la sei fatta questa ferita?»

«Mi daresti un uovo?»

«Non ho uova.»

«Forse nel frigorifero hai un vecchio uovo di gallina.»

«No. Io mangio sempre fuori. In casa ci sto poco, vivo sola dopo che mio marito è morto. Vuoi una ciliegia candita?»

La volpe si grattò la testa. C'era uno strano odore in quella casa, un odore di animale morto. Ma per quanto si guardasse intorno, la volpe non vedeva tracce di animali.

«Sarai stanca, e magari hai anche la febbre. Se vuoi ti puoi stendere sul letto della mia bambina, che ora è con la nonna in Francia. Vieni,» disse la donna bionda, e la portò in una cameretta tutta rosa con tante bambole sedute sugli scaffali.

La volpe Tu-tu si sdraiò sul letto e subito si addormentò tanto era stanca: aveva camminato notte e giorno per una settimana in cerca della madre scomparsa.

La donna la guardò dormire con un sorriso di tenerezza: se non fosse stato per quei peli rossicci, sarebbe potuta essere sua figlia, tanto le assomigliava. Prima di uscire coprì l'ospite con il suo cappotto foderato di pelliccia e poi chiuse la porta piano per non svegliarla.

Nel mezzo della notte la volpe sentì una voce che diceva «Svegliati, Tu-tu, sono qui.» La volpe si alzò e si guardò intorno ma non vide nient'altro che la vezzosa camera della bambina sui cui scaffali di legno chiaro stavano sedute immobili le bambole di pezza e di porcellana.

«Sono qui sul letto, guardami,» disse una voce conosciuta, e finalmente la vide, sua madre. Era stata cucita dentro il cappotto per tenere caldo.

«Ma tu sei morta. Ti hanno scuoiata!» disse la volpe figlia alla volpe madre, e scoppiò in singhiozzi.

«Non dire alla signora bionda che mi hai trovata. Fatti spiegare dove ha comprato la pelliccia e vai nel negozio a chiedere che ne è stato degli altri pezzi del mio corpo. Senza le zampe e gli occhi non posso tornare da te.»

La giovane volpe fece come le aveva ordinato la madre. Finse di dormire fino all'alba, poi si alzò, appoggiò delicatamente il cappotto foderato di pelliccia su una poltrona e bevve una tazza di latte che le aveva preparato la signora.

«Dove hai comprato questo bel cappotto?»

chiese poi, facendo finta di ammirare il soprabi-
to foderato.

«Ti piace? È un cappotto molto caldo. L'ho
comprato dalla signora Jole nel negozio in piazza Duomo,» rispose candidamente.

«Allora io vado, ne voglio comprare uno
uguale per la mia mamma.»

«Ti auguro di ritrovarla. E se hai bisogno di
qualcosa torna pure da me.»

La volpe ringraziò e uscì più affamata di prima. Ma non voleva perdere tempo a cercare da
mangiare. Si precipitò in piazza Duomo, trovò il
negozio della signora Jole e le chiese dove fossero i pezzi della volpe con cui aveva cucito l'interno del cappotto.

La signora Jole, quando vide la giovane volpe, pensò: "Qui ci verrebbe un altro bel cappotto con l'interno di pelliccia." E cominciò a fare
domande strane, tipo: «Da dove vieni, bella volpe? Che ci fai in città? Perché te ne vai sola sola?» Ma la volpe capì l'antifona e rispose che era
venuta in città insieme con un branco di lupi
che la aspettavano all'imbocco della metropoli-
tana. La signora Jole non insistette.

Tenne duro invece la volpetta nell'interrogare
la signora Jole per sapere dove avesse compra-

to la pelliccia. E la signora Jole le rispose che veniva da una conceria chiamata Paradiso, il cui
proprietario aveva nome San Pedro. Lì gli animali venivano scuoiati per fare pellicce.

La nostra volpe salutò e andò alla conceria
Paradiso. Appena entrata credette di svenire:
l'odore di sangue era così forte che non si riusciva a respirare.

Chiese del padrone, San Pedro, che appena
seppe della volpe arrivò subito e si mise a
scherzare con lei: «Sei venuta coi tuoi piedi a
farti scuoiare? Sei coraggiosa. Cosa vuoi in cambio? Denaro?»

«Non voglio denaro. Voglio soltanto le zampe
e gli occhi di mia madre per seppellirla nel nostro cimitero.»

«Ho centinaia di zampe e di occhi,» disse San
Pedro, «come fai a riconoscere quelli di tua madre?»

«Dall'odore,» rispose la volpetta

«E allora provaci. Se ci riesci, ti darò in regalo
una cintura.»

E San Pedro condusse la giovane Tu-tu nel
mattatoio dove le volpi venivano uccise con un
colpo di martello in testa. Dopo, una macchina
le scuoiava e le privava degli occhi e delle zam-

pe così che fossero pronte per farne delle pellicce. Il muso qualche volta lo tenevano per farne dei renard. Ma gli occhi in quei musetti appuntiti e levigati erano finti, di vetro. Gli occhi veri, senza vita, infatti diventano opachi. E venivano venduti per fare mangime per le mucche.

Tu-tu vide un gruppo di volpi dalla pelliccia argentata chiuse in gabbia che giravano in tondo.

«Che fanno quelle volpi?» chiese ingenuamente.

«Aspettano di essere scuoiate,» rispose San Pedro, «ma non sono affatto scontente, se la passano bene, prova a chiederglielo.»

La volpe si avvicinò alla gabbia e chiese: «Siete infelici di stare chiuse?»

«No,» risposero ridendo.

«E come mai?»

«Qui mangiamo tanto e cose prelibate, beviamo a sazietà, dormiamo sul morbido e non dobbiamo fare niente,» rispose una bellissima volpe argentata dalla coda che sembrava la via lattea.

«Non dobbiamo andare in giro tutto il giorno a cercare cibo, non siamo costrette a rincorrere topi e serpenti, non ci tocca girare di notte per afferrare una stupida gallina. Qui abbiamo perfino il tempo di giocare a carte,» aggiunse un volpetto dal ciuffo fulvo.

«Incoscienti,» disse la volpe, «non sapete che sarete scuoiate?» «Campa cavallo!» rispose un vecchio volpone dai baffi grigi, «prima che arrivino a noi passeranno mesi. E intanto mangiamo e scherziamo, e poi non è detto che non venga il terremoto e ci liberi tutti.»

«Hai visto?» disse San Pedro. «Qui stanno bene, nessuno ha mai tentato di scappare. Vuoi entrare anche tu nella gabbia? C'è una grossa scodella di carne di bue pronta per te. Hai una bella pelliccia, anche se un poco sporca.»

«Quasi quasi,» disse piano la volpe, che aveva una fame terribile, e al pensiero di un piatto pieno le veniva l'acquolina in bocca. Ma poi si riprese. «Devo cercare mia madre,» rispose continuando a camminare.

«Anche se la trovi, è bell'e morta. Che te ne fai?»

«Voglio seppellirla nel nostro cimitero,» dichiarò la volpe, ricordando l'ammonizione materna.

«Bene, ecco il deposito delle zampe e degli occhi,» disse San Pedro aprendo una porta blindata.

La volpe entrò e si trovò davanti una montagna di zampe e di occhi di volpe. Vacillò per l'orrore. Credette di morire lì sull'istante, ma la voglia di ritrovare sua madre fu più forte e la aiutò a resistere.

«Cosa ve ne fate di tutte queste zampe?» chiese trattenendo il respiro.

«Le vendo ad una azienda che le macina, ne fa farina e la rivende agli allevatori come mangime per gli animali.»

«Se mi lasciate sola cercherò di trovare i pezzi di mia madre. Con voi davanti non riesco ad annusare bene: l'odore dell'uomo è più forte di quello animale.»

«Veramente siete voi che puzzate di selvatico,» disse ridendo l'uomo, che non era cattivo ma faceva solo il suo mestiere.

Appena si fu chiusa la porta, la volpe Tu-tu si sedette per terra piangendo. Come avrebbe fatto a trovare sua madre fra tutte quelle zampe tagliate e tutti quegli occhi strappati?

Ma proprio mentre si soffiava il naso sconsolata sentì una voce che diceva: «Sono qui, bambina mia, sono qui.» Alzò la testa e vide quattro zampine che danzavano sul pavimento. Due occhi piccoli e azzurri si posarono come due piccole uova sul suo grembo.

La volpetta prese le zampe e gli occhi e fece per andarsene. Ma mentre si avvicinava alla porta sentì dietro di sé un mormorio sommesso. "Cosa c'è?" si chiese, e voltò la testa. Allora vide tante zampette che ballavano sul pavimento e tanti occhi che volando come uccellini in giro per la stanza le si avvicinavano e le si posavano sulle orecchie, sulla spalla. «Anche noi, anche noi!» dicevano quelle zampette e quegli occhi. La volpe spalancò la porta e loro uscirono schiamazzando felici.

«Dannata volpaccia!» gridò San Pedro quando si accorse che tutte le zampine e tutti gli occhi delle volpi uccise correvano sulla strada ballando e ridendo. «Ora ti prendo e ti metto in gabbia, che tu lo voglia o no.»

Ma la volpe fu più rapida dell'uomo, che era grasso e si muoveva male. Fece una corsa giù per la strada, cambiò velocemente direzione in modo che lui la perdesse di vista e continuò a correre finché non ce la fece più.

Quando fu al sicuro, tirò fuori le zampette della madre e le chiese: «Cosa devo fare adesso, mamma?»

«Torna dalla signora bionda, fatti dare con una scusa il cappotto foderato e portalo via. Poi scuci la pelliccia, rimetti le zampette e gli occhi al loro posto e io tornerò a correre.»

La volpe Tu-tu fece quello che la madre le ordinava. Tornò dalla signora bionda e le chiese il cappotto in prestito. Ma la signora bionda non glielo volle dare. «Cosa te ne fai di un cappotto così lungo?» disse ridendo. «E poi è un regalo di mio marito, non posso darlo a qualcun altro. Se vuoi ti do un impermeabile rosso di quando mia figlia aveva sei anni che ti dovrebbe stare a meraviglia.»

La volpe si grattò la testa perplessa. «Ce l'hai una banana?» chiese alla donna, che fece cenno di no con la testa. «Ne ho vista una in giardino, vado e torno,» disse Tu-tu, che uscì di corsa, pestò con un piede un pezzo di bottiglia e si procurò una ferita che buttava sangue. Zoppicando vistosamente tornò indietro e disse: «La banana non l'ho trovata ma mi sono ferita di nuovo.»

La signora bionda fu felice di pulirle la ferita, di spalmarla con la pomata e fasciarla con una lunga garza.

«Ora vado,» annunciò Tu-tu.

«A quest'ora della notte? E con la zampa ferita? Non te lo permetto. Stenditi sul letto di mia figlia. Le bambole ti terranno compagnia per la notte.»

Era quello che voleva Tu-tu, che entrò con disinvoltura nella camera rosa della bambina, diede uno sguardo alle bambole allineate e si stese sul letto.

«Ho freddo, mi metteresti addosso il tuo cappotto?» chiese con voce gentile.

«E se poi me lo rubi? Non mi fido,» disse la signora bionda. «Voi volpi siete furbe e leste, non vorrei trovarmi senza il mio cappotto prediletto.»

La volpe Tu-tu non sapeva più come fare. Avvertiva le zampette della madre che scalpitavano sotto la camicia, sentiva gli occhi che si muovevano inquieti nella tasca. «E ora?» si chiedeva disperata.

«Be', buonanotte,» disse la signora bionda e si ritirò nella sua stanza, portandosi via il cappotto foderato.

«Buonanotte,» bofonchiò la volpe, e rimase stesa al buio con gli occhi spalancati.

Quando l'orologio battè le tre sentì una voce che diceva: «È il momento buono, bambina. Vai nella stanza della signora bionda, porta via il cappotto foderato e tornatene di corsa nella tua tana.»

La volpe Tu-tu ubbidì. Uscì in silenzio dalla camera e percorse in punta di piedi il corridoio. Appoggiò l'orecchio sulla porta della signora bionda per capire se dormisse. La sentì russare dolcemente. Allora con estrema circospezione girò la maniglia. Ma, disdetta, scoprì che la porta era chiusa a chiave dall'interno. «L'aveva detto che non si fidava. E ora che faccio?»

Tornò in punta di piedi nella camera della bambina. Si sedette sul letto a meditare. Ma non riusciva a trovare una soluzione. «Mamma, mi senti? Ho fatto come dicevi tu ma la signora bionda ha chiuso a chiave la porta e io non posso portare via il cappotto. Che faccio?»

Nel buio sentì qualcuno che si schiariva la gola. «Mamma, sei tu?» chiese ansiosa Tu-tu.

«No, sono io,» rispose una vocetta misteriosa.

«Io chi?»

«Io, Federica, detta Fede.»

«Sei una volpe anche tu?»

«Guardami, ti sembro una volpe?»

Tu-tu accese la luce ma non vide nessuno nella stanza. Chi poteva essere? Sentì ancora una risatina che veniva dagli scaffali. Sollevò gli occhi e si accorse che tutte le bambole sedute sulla mensola ridacchiavano.

«Che avete da ridere?»

«Se vedessi la faccia che hai,» rispose una bambola tanto grassa che aveva quattro braccialetti di carne attorno ai polsi. Mentre rideva muoveva le gambette cicciotte che finivano in un paio di scarpette di vernice nera con un fiocco dorato sopra.

«C'è poco da ridere,» disse la volpe, e cercò disperata le zampette della madre sotto la camicia per cercare conforto. Ma le trovò fredde e inerti, proprio come quei portafortuna che si vendono nelle bancarelle.

«Se vuoi ti posso aiutare,» disse la bambola cicciotta.

«E come?»

«Facciamo così. Tu chiami la signora bionda dicendole che hai male alla ferita. Lei verrà a curarti perché è una donna caritatevole e ama molto fare l'infermiera, anche se è sospettosa. Mentre ti cura io vado di là e prendo il cappotto.»

«Ma se hai le gambe di pezza,» obiettò la volpe Tu-tu, «come fai a camminare? E poi il cappotto pesa dieci volte più di te, come fai a portarlo fin qui?»

La bambola cicciotta si mise a ridere irritando ancora di più la piccola volpe rosata che pensò: "Mi sta prendendo in giro."

Ma la bambola insistette: «Aspetta, mi consulto con le mie amiche e poi ti dirò come fare. Vedrai che ci riusciremo.»

La volpe vide la bambola cicciotta che si protendeva verso le altre bambole e tutte presero a sussurrare e ridacchiare. Finalmente, dopo un bel po' di consultazioni, la bambola cicciotta disse:

«Vai a chiamare la signora e lascia le porte aperte. Noi ti porteremo il cappotto.»

La volpe si fidò. Che altro poteva fare? Uscì mogia dalla camera da letto, infilò il corridoio, si fermò davanti alla camera da letto della signora bionda e prese a tossire miserevolmente.

«Che c'è?» disse la signora sentendo quella tosse.

«Non mi sento bene. Ho paura di avere la febbre. La ferita ha ripreso a sanguinare. Mi volete aiutare?»

La signora bionda aprì la porta. Era in camicia da notte e sembrava un angelo tutto bianco, con un paio di pantofole di piuma rosa. «Siete bella come un colibrì,» disse la volpe, sinceramente sorpresa da quella visione, e la donna ne fu lusingata.

«Andiamo in bagno, vorrei che mi lavaste la ferita e me la fasciaste di nuovo. Mi fa male.»

«Povera volpe! Sei proprio sfortunata. Vieni, ti medico io.»

E così andarono in bagno tutte e due, Tu-tu davanti con la coda strasciconi per terra, e la signora bionda dietro con la lunga camicia bianca ricamata e le pantofole pennute che lasciavano ogni tanto una piumetta sul pavimento.

La volpe mise la zampa sul bordo della vasca e la signora bionda gliela lavò, gliela disinfettò e gliela bendò. «Ora starai meglio,» disse gentile, e la accompagnò fino alla camera da letto. Le diede un bacio sulla testa e uscì chiudendosi la porta dietro le spalle.

La volpe si guardò intorno. Le bambole erano sparite dagli scaffali. «Ma dove si saranno ficcate?» si disse. «Ehi? dove siete?» chiamò a voce bassa per non farsi sentire dalla signora.

Lì per lì non ci fu risposta. Poi improvvisamente vide un trenino che si snodava vicino alla finestra. Sui vagoni, sedute, vide tutte le bambole e nel carro merci scorse arrotolato un enorme rigonfio che indovinò subito essere il cappotto della signora con dentro la sua mamma scuoiata e cucita.

«Eccoci qui,» disse la bambola cicciotta, e rise agitando le bracciotte con gli anelli di carne. «Noi non sappiamo camminare ma il trenino sa viaggiare.»

Risero tutte le bambole e con un salto tornarono a sedersi in fila lungo lo scaffale sopra il
letto.

«Ora mostraci come fai tornare in vita la tua
mamma,» disse il trenino, che ancora ansava
per la fatica di avere portato quel grande peso.

La volpe Tu-tu tirò fuori dalla camicia le quattro zampette che si misero subito a ballare.
Estrasse dalla tasca le due ovette degli occhi
che si misero a svolazzare per la stanza. «Ora
scucimi,» ordinò la madre con voce dolce.

«Ma come faccio? Non ho le forbici,» disse la
volpe Tu-tu, e si mangiava le unghie per la disperazione.

«Ce le ho io le forbicine,» fece una voce dal-
l'alto.

La volpe guardò in su e vide una bambola ve-
stita da massaia che tirava fuori dalla tasca forbici, aghi e fili. «Ecco qua, prendi,» disse por-
gendole anche un ditale che in quel momento
era in effetti inutile. Ma la volpe Tu-tu prese ogni
cosa per non essere scortese con quella bambola dal grembiule sporco di grasso che diceva
di sapere cucinare, cucire e anche stirare.

In pochi minuti la pelliccia fu scucita dal cappotto. Le furono attaccate le zampette e piano

piano prese la forma di un corpo molto simile a quello di Tu-tu, che saltava per la gioia di rivedere finalmente la mamma.

Quando la mamma volpe fu tutta intera, con il muso al suo posto e gli occhi dentro le orbite, le bambole in coro fecero: «Oh che portento!» e batterono le mani per la meraviglia. Anche il trenino fu sorpreso e disse che un prodigio simile non l'aveva mai visto. «È l'amore che fa miracoli,» commentò e poiché era un viaggiatore ne sapeva più degli altri.

«E adesso correte,» disse la bambola cicciotta ridendo a più non posso. «Se no fate tardi. E salutateci le altre volpi.»

«Addio e grazie,» dissero insieme madre e figlia volpe. Si calarono giù dalla finestra e scomparvero nella notte, zampa nella zampa.

Una famiglia in una scarpa

In una scarpa viveva un'intera famiglia: padre, madre, e cinque figli. La madre cucinava delle buonissime torte che però alle volte esplodevano lanciando per aria uccellini appena nati. Il fatto è che lei lasciava la pasta a lievitare su uno degli occhielli della scarpa e i passeri la vedevano così morbida e soda che la usavano per farci il nido. Col becco ci scavavano un buco e ci seppellivano le uova. Poi, col calore del forno, le uova maturavano e gli uccellini, sentendosi soffocare, facevano saltare la crosta.

I figli di mamma scarpa erano abituati a quelle esplosioni di uccellini e li spingevano verso la finestra con gesti affettuosi. Erano in effetti abituati a giocare con gli animali del bosco perché la vecchia scarpa in cui erano andati a vivere era stata abbandonata ai margini della foresta. Vicino alla scarpa c'era la tana di una famiglia di cinghiali con i cui piccoli gi(:avano spesso a nascondino.

Il padre scarpa aveva la mania di cacciare. Usciva la mattina presto e se ne andava gironzolando per i boschi col fucile in spalla. I cinghiali lo conoscevano bene e appena lo sentivano zufolare lo salutavano sorridendo. Sapevano che, per quanto appassionato di caccia, non avrebbe mai sparato contro un cinghiale: erano amici, i loro figli giocavano insieme, e qualche volta si mettevano anche a ballare sullo stesso praticello nelle notti di luna piena.

In effetti l'uomo scarpa andava a cacciare lontano dal bosco di casa e tornava spesso con delle lepri appese alla cintura. Da questo fatto i cinghiali si erano fatti l'idea che per amicizia e rispetto l'uomo scarpa non avrebbe mai ammazzato un cinghiale, nemmeno se era sconosciuto.

Così pensavano anche i figli scarpa, che la notte dormivano in certi letti a castello all'interno della punta della scarpa, la zona più calda della casa.

La madre quando non faceva le torte era in giro a cercare lavoro. «Ho sempre lavorato,» diceva «e non vedo perché non dovrei farlo ancora.» Aveva una gran pancia perché aspettava il

sesto figlio e il marito avrebbe preferito che restasse a casa. Ma la donna era testarda e usciva da sola ogni giorno, come a dire "Io sono libera e libera voglio restare."

Una mattina però successe che il padre, uscendo per andare a caccia verso le cinque, si trovò davanti un cinghialetto appena alzato che stava mangiando le lattughe nell'orto di casa. Il cinghialetto lo salutò allegramente: «Buongiorno, signor scarpa. Come stanno i suoi figli? Va a caccia anche stamattina?» Ma l'uomo scarpa, furioso per quel piccolo furto, pensando fra l'altro che non aveva mai approvato l'amicizia dei suoi figli con quegli animali, alzò il fucile e l'ammazzò.

Il giorno dopo un branco di cinghiali fece irruzione nella casa scarpa e buttò per aria ogni cosa. Il padre non c'era, la madre era in giro a cercare lavoro. I bambini ancora dormivano, tranne il più piccolo.

«Ciao, che fate tutti qui?» disse il piccolo con la bocca sporca di cioccolata. «Volete giocare?»

Loro non risposero ma continuarono a buttare per aria la casa. Il piccolo si mise a piangere. I cinghiali lo legarono con la corda e lo portarono via.

Quando tornò la madre, chiese: «Dov'è il piccolo?»

«L'hanno preso i cinghiali,» risposero gli altri.

«E per fare che?»

«L'hanno legato e l'hanno portato via.»

La donna si grattò la testa. Poi si ricordò che il marito aveva ucciso col fucile un cinghialetto e si preoccupò per il bambino. «E ora che facciamo?»

«Aspettiamo che torni papà,» disse il più grande dei figli.

«Aspettiamo. Intanto io farò una torta,» disse la madre e impastò la farina e mise la solita palla di pasta a lievitare sul balcone.

Verso sera tornò il padre e chiese che cosa fosse successo in quella casa tutta sottosopra. «Sono venuti i cinghiali,» risposero i figli, «e si sono portati via il piccolo.»

L'uomo non disse una parola. Prese il fucile e uscì mentre i figli e la madre mettevano a posto la casa.

Verso le due l'uomo rientrò e disse di essersi vendicato.

«Ma nostro figlio dov'è?» chiese la madre.

«Non lo so. Non l'ho trovato. Ma ho ammazzato altri due cinghialetti.»

«Hai fatto male. Quelli domani torneranno e

si porteranno via un altro dei nostri,» ribatté la madre. Ma l'uomo non disse una parola.

Il giorno dopo, appena il padre uscì a caccia e la madre se ne andò a cercare lavoro, un branco di cinghiali tornò alla casa scarpa. Entrarono senza permesso sfondando la fragile porta che si apriva sul tacco, presero il minore dei figli rimasti e lo portarono via.

Quando tornò la madre disse: «Dov'è il penultimo figlio mio?»

«Se lo sono preso i cinghiali,» disse il maggiore.

«E ora che facciamo? Che facciamo?»

«Aspettiamo che torni papà, lui saprà vendicarci,» disse il figlio maggiore.

«Ma non capisci che ogni volta sarà peggio? È una guerra, ormai, e loro non si fermeranno. Cosa farò io se mi portano via tutti i figli?»

«Papà ha il fucile. È più forte,» disse il figlio maggiore che aveva avuto la promessa, appena fosse stato promosso a scuola, di un bel fucile da caccia nuovo nuovo.

«Be', intanto io farò una torta aspettando papà,» disse la madre, e cominciò a impastare la farina. Poi mise la pasta a lievitare sul davanzale.

La sera tornò il padre, seppe quello che era successo e partì senza dire una parola col suo fucile in spalla. Rientrò solo a notte fonda, con la camicia macchiata di sangue.

«Hai ritrovato nostro figlio?» chiese la madre.

«No, ma mi sono vendicato.»

«Ti sei vendicato bene?» chiese il figlio, orgoglioso di tanto padre.

«Sì, mi sono vendicato come volevo,» rispose il padre e raccontò come ne avesse ammazzati altri tre, di cinghialetti.

Il giorno dopo era domenica e tutti nella scarpa dormirono fino a tardi. Quando si svegliarono trovarono la madre che stava sfaccendando in cucina. Aveva messo le due torte a cuocere nel forno e cantava allegramente. Anche se ogni tanto si fermava davanti alla finestra a guardare il bosco pensando ai suoi due figli prigionieri dei cinghiali.

Quella sera il padre aveva invitato a cena degli amici: un cacciatore di cinghiali con la moglie e due figli grandi che già sapevano sparare anche loro.

Alle otto si misero tutti a tavola. Mangiarono la polenta e la carne dei cinghiali che aveva ucciso il padre col suo fucile. Bevvero del vino frizzante del Piave e poi arrivarono al dolce allegri e soddisfatti.

La madre portò in tavola le due torte sormontate da una bella crosta dorata, tonde e lustre e gonfie come delle cupole. Il padre si avvicinò col coltello, spaccò una torta e ci fu un urlo di raccapriccio. Dentro la scorza c'era uno dei suoi due figli legato e infarinato e abbrustolito che sembrava di biscotto. Il padre spaccò la crosta dell'altra e tutti fecero un salto indietro: anche il secondo bambino era stato biscottato.

«Adesso andiamo a uccidere tutti i cinghiali,» disse il padre prendendo il fucile. «Venite anche voi, amici, e anche tu figlio mio, dobbiamo dare loro una lezione.» E così partì nella notte quel branco di uomini col fucile in spalla. Avevano gli stivali di gomma per attraversare le zone paludose, la giacca di pelle foderata di pelliccia per resistere al freddo. Non dissero una parola ma avanzarono a testa bassa nella notte gelida per andare a vendicarsi dei cinghiali.

Intanto nella scarpa la madre piangeva la morte dei suoi due bambini. Ma mentre piangeva si accorse che uno dei figli la guardava come se volesse dire qualcosa. Allora provò a prendere un panno e a ripulirlo dalla farina cotta. Piano piano si accorse che sotto la crosta il cuore palpitava. Il bambino era vivo. Subito li slegò tutti e due e li cacciò dentro la vasca da bagno per liberarli di tutto quel biscotto e dall'acqua vennero fuori tutti e due nudi e contenti di essere a casa. La madre li abbracciò e li baciò.

A notte alta tornarono gli uomini con le braccia insanguinate. «Abbiamo ucciso una ventina di cinghialetti. E questa volta abbiamo colpito anche la madre cinghialessa e il padre. Così impareranno a prendere prigionieri i nostri figli.»

«Ma sono vivi!» gridò la madre contenta. «Sono vivi, i nostri due bambini, non c'è più bisogno di fare vendette. Andiamo a fare pace con i cinghiali nostri vicini.»

«No, niente pace,» disse il padre, «loro hanno osato attaccare la nostra casa e devono essere puniti. Altrimenti presto ci riproveranno,» disse, riponendo il fucile, poi salutò gli amici e si mise a dormire.

Due mattine dopo, quando si svegliarono, scoprirono che un altro dei figli era sparito. E questa volta nessuno li aveva visti entrare. Ma tutti pensarono che erano stati loro, i cinghiali. La guerra non accennava a finire.

Il padre prese il fucile che ancora fumava e

disse: «Credevo di averli uccisi tutti. Ora non avrò pace finché non sterminerò ogni maledetto cinghiale che abita in questa regione.»

«Ma perché?» disse la madre. «I tuoi figli sono vivi. Non sono stati uccisi. Tu invece hai sterminato una famiglia. Di che cosa vuoi vendicarti?»

«Hanno osato prendersi l'altro figlio e io non glielo perdono. Li voglio distruggere.»

«Vedrai che anche questo ce lo restituiranno vivo.»

Ma lui non volle sentire ragione. Prese con sé i due figli maggiori e andò nel bosco in cerca di cinghiali da ammazzare.

La madre, intanto, per non soffrire troppo si apprestò a preparare una torta. Impastò la farina, versò il lievito ed espose la pasta sul davanzale.

La sera tornò il padre coi figli più grandi. Avevano trovato solo un cinghialetto appena nato e gli avevano sparato in tre. Il sangue versato formava un lungo nastro che partiva dal bosco e arrivava fin dentro la casa scarpa.

Alle otto tutta la famiglia si mise a tavola: mangiarono polenta e cinghiale. Poi la madre portò la torta bella croccante. Il padre osservò da vicino il dolce, prima di affondarci il coltello. «Questa torta è troppo piccola per nasconderci un bambino,» osservò tagliandola in due. In effetti era troppo piccola per contenere un bambino ma abbastanza grande per racchiudere il braccio del figlio rubato.

Il padre, furioso, prese a calci la torta mentre la madre raccoglieva il braccio tagliato e se lo stringeva al petto.

«Da ora in poi non cuocerai più torte,» disse l'uomo alla moglie, e sparò un colpo in aria come per mettere un punto alla sua frase.

La moglie non lo stava a sentire. Pensava a come tenere vivo quel braccio per poterlo riattaccare al corpo del figlio. Per sicurezza lo cosparse di farina e zucchero e lo mise dentro il forno come faceva con le torte.

Il giorno dopo l'uomo prese del petrolio, lo versò sulle piante del bosco e diede fuoco a tutto quanto. Gli alberi cominciarono a gridare «Brucia, brucia, aiuto!» Ma l'uomo non si diede per vinto e continuò a soffiare e accendere altri focolari finché tutto il bosco non fu una sola fiamma urlante. Il fumo saliva, le povere bestie scappavano dalle loro tane, padri e madri coi loro piccolini correvano, saltavano, si bruciavano la coda, si gettavano nell'acqua del lago.

Il fuoco divorò in poche ore tutto il bosco e

nella sua furia raggiunse anche la scarpa e la inghiottì in un solo boccone mentre mamma scarpa e i bambini scappavano verso il lago.

«E ora che facciamo senza casa?» si chiedeva lei piangendo.

«Li abbiamo sterminati, hai visto?» disse l'uomo, e si sedette per terra a fumarsi una sigaretta.

«Ma siamo senza casa e come noi sono senza casa migliaia di animali innocenti.»

«Che mi importa? Abbiamo dimostrato di essere più forti. Li abbiamo massacrati. Così impareranno ad alzare la testa. Andiamo a cercare un'altra scarpa.»

«Un momento,» disse la moglie, «prima devo prendere il braccio del mio bambino che è rimasto dentro il forno.»

Tornò verso le macerie della casa, ritrovò il forno ancora tiepido e dentro il braccio del figlio infarinato e cotto come un filoncino di pane.

Mentre il marito fumava in pace la sigaretta sul prato bruciacchiato, si sentì una voce che diceva: «Fate la carità ad un povero storpio!» La madre alzò gli occhi e vide venirle incontro il figlio rapito dai cinghiali, magro magro e senza un braccio.

Gli corse incontro, lo strinse a sé e gli disse: «Finalmente ti ho trovato. Ho conservato il braccio per riattaccartelo. Sapevo che saresti tornato.»

Ma il ragazzo non riconosceva la madre e il padre, anzi, li guardava con orrore. «Sono la tua mamma,» diceva lei, e lui scuoteva la testa. «Questo è il tuo braccio, lo riconosci?» E il ragazzo, per tutta risposta grugnì.

Il padre lo prese per il collo e lo portò con sé in riva al lago. «Ora costruiremo una nuova casa,» disse, «e tu mi aiuterai. Sei mio figlio, il più robusto, e non puoi tirarti indietro.»

Il figlio aiutò il padre, ma i suoi movimenti diventavano ogni giorno più strani. E la sua pelle si riempiva di peli.

«Cosa sta succedendo a nostro figlio?» disse un giorno l'uomo guardando il viso del ragazzo che gli ricordava qualcosa di conosciuto e odiato: ma non avrebbe saputo dire cosa.

«Non vuole neanche più assaggiare le mie torte,» disse la madre. «Il braccio l'ha lasciato marcire in fondo a un fosso. E mangia per terra come un cane.»

«Moglie, lo sai a chi assomiglia nostro figlio?»

«A chi?»

«A un cinghiale,» disse l'uomo sconsolato.

Di fatto il bambino ormai era diventato del

tutto un cinghiale. La madre, pur vedendo che aveva denti lunghi e ricurvi, lo abbracciò piangendo. Il padre si alzò per prendere il fucile. Allora il cinghiale parlò e disse: «Tu ami la vendetta più di tuo figlio. Per questo sei destinato a diventare fucile. Come io mi sono trasformato in cinghiale, tu diventerai fucile.»

Detto fatto, sotto gli occhi stupefatti della moglie l'uomo scarpa si trasformò in un enorme fucile di ferro e di legno.

«E ora ti sparo,» disse il fucile.

«Provaci,» rispose il figlio.

Il fucile si mosse, si contorse, saltò ma non riuscì a sparare.

«Un fucile da solo non può sparare,» disse il cinghiale. «Ha bisogno di una mano che faccia scattare il grilletto. Rimani così, buonanotte, padre!»

«Aiutami tu!» disse l'uomo scarpa alla moglie. «Spara, premi il grilletto, non lo vedi che da solo non posso? Non lasciare che quel cinghiale mi offenda.»

«Quel cinghiale è tuo figlio,» disse la donna, e si rifiutò di premere il grilletto. Il fucile riprese ad urlare, ma la donna lo lasciò dire. Acchiappò per una zampa il figlio cinghiale e si diresse verso il bosco.

L'uccellino al circo

C'era una volta un direttore di circo molto arrabbiato perché non trovava più gli acrobati di una volta. «Tutti vogliono la rete di protezione, tutti vogliono le assicurazioni,» diceva battendo il sesto dito sul banco di legno della cassa. Il direttore aveva in effetti sei dita per mano e di questo si faceva un gran vanto. Alla fine degli spettacoli aveva l'abitudine di uscire nell'arena con le mani aperte e fare un discorsino sui fenomeni della natura. La gente rimaneva di stucco a guardare quelle mani dalle sei dita e si beveva l'arringa sconclusionata, riempiendolo poi di applausi.

«Nessuno sa più fare il suo dovere con abnegazione,» diceva il direttore con le sei dita per mano, «i guardiani degli elefanti vogliono catene di ferro per tenerli a posto. Mentre una volta ne avevo uno solo, il mio amico Rachid, che bastava facesse ts ts con la lingua e i quattro elefanti lo seguivano come agnellini. Gli acrobati vogliono sempre la rete, anche quando provano, mentre una volta si facevano un vanto di stare in aria senza protezioni. Mia figlia Dolores, a cui ho cercato invano di dare in eredità le sei dita per mano, faceva l'altalena a dieci metri senza rete. È vero che un giorno è caduta e si è rotta le costole, ma appena è guarita è risalita sul trapezio senza fiatare. Il nuovo domatore di leoni zingaro vuole la tredicesima e le ferie pagate, mentre prima avevo uno spagnolo che pesava cento chili e quando si arrabbiava con un leone si sedeva su di lui e lo riduceva a una frittella... come rigavano dritti quei furbi dei leoni! Ma è morto di vecchiaia, povero Carlos, che ci posso fare... Ora lo zingaro Omar, che se non fosse per me andrebbe a chiedere l'elemosina per strada, vuole trovare ogni mattina la pappa fatta, e guai se gli dico "Omar: oggi tocca a te pulire le pentole". Il mondo è proprio cambiato, e in peggio.»

Aveva piazzato un cartello sotto l'insegna del Grande Circo Adamo su cui era scritto "Cercasi trapezista di prim'ordine o anche giocoliere funambolo di talento. Si escludono i perdigiorno."

Ora, nel centro dell'arena, sotto il tendone sporco, in mezzo ai tafani e alla segatura, il direttore del Grande Circo Adamo riceveva i giovani che si presentavano per l'annuncio. Il circo era parcheggiato da qualche giorno ai margini di una grande città del sud dove i disoccupati si contano a migliaia.

«Tu che cosa sai fare?» chiese il direttore alla ragazza dai capelli cortissimi che era la prima della fila e si torceva le mani per l'emozione.

«Il doppio salto mortale,» rispose lei con un filo di voce. In effetti aveva frequentato un corso di acrobatica quell'estate e aveva imparato a fare i salti mortali, ma non era molto certa del suo corpo, che pesava ancora un po' troppo.

Il direttore la squadrò da capo a piedi. «Con quella ciccia non puoi fare i salti mortali,» disse brusco, «comunque fai vedere,» aggiunse indicando il centro della pista dove era stato srotolato un tappeto unto e bisunto. La ragazza avanzò di quattro passi, si sputò sulle mani e provò a fare un primo salto mortale. Andò bene. Si librò in aria come un pesce volante e approdò sui due piedi sana e salva. Sorrise contenta.

«Un altro!» disse il direttore.

La ragazza prese la rincorsa e ripeté il salto,

ma questa volta andò male e cadde a gambe larghe sul tappetino maleodorante. Si rizzò in piedi rapida, pronta a ricominciare, ma il direttore la fermò con una delle sue grosse mani a sei dita.

«Basta così. Puoi andare. Avanti un altro!» gridò rivolgendosi ad un ragazzino dagli occhi strabici. «Tu che sai fare?»

«So imitare tutti i versi degli animali,» rispose quello, e cominciò col raglio dell'asino, poi continuò col barrito dell'elefante a cui rispose subito uno dei poveri elefanti legati con la catena di ferro. A quello rispose un altro elefante incatenato lì vicino, e insomma, nell'aria salì un coro di barriti disperati che inquietarono i leoni, i quali anche loro presero a ruggire.

«Basta basta, per carità!» gridò il direttore.

«Non ho finito,» continuò il ragazzo dagli occhi strabici, «non vuole sentire il fringuello e la rana e il tapiro e il gatto?»

«No,» rispose il direttore infuriato, «sei bravo, lo vedo, ma io non ho bisogno di uno come te. Porteresti la rivoluzione fra le bestie del circo. Io ho bisogno di disciplina, non di rivolte di elefanti.»

Inutilmente il ragazzino cercò di spiegargli che lui, con quei versi, poteva anche acquietarli, gli animali, oltre a innervosirli. Il direttore aprì a ventaglio le due grandi mani dalle sei dita e lo salutò bruscamente.

«Avanti un altro!» continuò massaggiandosi la schiena indolenzita. Lanciò uno sguardo alla folla che faceva la fila sotto la tenda e si passò un dito sulla fronte sudata.

Questa volta si trattava di un contorsionista. «Fai vedere quello che sai fare,» gli disse.

Il giovanotto si sedette per terra, si portò i piedi all'altezza delle orecchie, si piegò all'indietro fino a toccare con la nuca il sedere e si lasciò dondolare così, come un serpente che ha mangiato una gallina.

«Che altro sai fare?»

«Non vi basta questo?»

«No. Un bravo contorsionista deve sapere fare molti numeri. Tu ne sai uno solo.» Detto questo lo cacciò via, facendo largo ad un altro.

«Qual è la tua specialità?»

«Se mi date una scatola mi ci chiudo dentro e ci rimango anche dieci minuti.»

Il direttore mandò a prendere una scatola. L'uomo dai capelli grigi, poiché questa volta non si trattava di un ragazzo ma di un anziano dai riccioli grigi fluenti sul collo e dalla faccia scavata, entrò nella scatola e lì rimase per qualche minuto, in perfetto silenzio.

«Le piace?» chiese quando venne fuori distendendo le membra magrissime e rattrappite.

«No, sei troppo vecchio per fare il contorsionista, e poi tutti sono capaci di stare dentro una scatola grande come una casa.»

«Allora mandate a prendere una scatola più piccola,» propose quello, risentito. Il direttore svuotò la scatola degli attrezzi, la pulì con uno straccio e invitò l'uomo ad entrarci. L'anziano guardò la cassetta poi il direttore e quindi con un impeto di coraggio vi si infilò tirando su le gambe fino alla bocca, cacciando il collo dentro le spalle, piegando la testa sotto l'ascella. Il direttore chiuse il coperchio con un gesto rabbioso. Per qualche secondo ci fu silenzio. L'esperimento sembrava riuscito. Ma poi si sentì un bussare precipitoso e disperato seguito da un flebile «Soffoco!» Il direttore aprì il coperchio e l'uomo dai lunghi capelli grigi saltò fuori tossendo e sputando. E il direttore lo mandò via.

Era la fine del pomeriggio, fra poco bisognava cominciare lo spettacolo e ancora era tutto da sistemare. Il direttore bevve una birra e inveì contro chi non sa fare niente e lascia credere di avere chissà che talenti. «Quando ero bambino io,» disse «il circo era una città, con le sue leggi, il suo re e le sue regine. Ora tutti vogliono fare gli impiegati e il circo fa proprio pena. Vogliono guadagnare, non gliene importa niente dell'arte. Sono incapaci, incapaci,» ripeteva strapazzando quei poveretti che cercavano di mostrare le loro abilità, che per la verità erano molto mediocri, pur di guadagnare qualcosa.

A questo punto il direttore decise di chiudere le porte. Era stufo di esaminare quei giovinastri "senza arte né parte". Cacciò via gli ultimi della fila, si asciugò il sudore e fece per andare a cambiarsi. Sulla porta si scontrò con un giovanottino magro magro che portava un campanellino attaccato all'orecchio. «La prego, mi ascolti,» disse quello. «Ho bisogno di lavorare, mi lasci provare.»

«Cosa sai fare?»

«So fare l'uccellino,» rispose il ragazzo.

«L'uccellino? E in che consiste?»

«Consiste nel saltellare pigolando e poi nel volare via dalla finestra.»

«Idiozie!» gridò il direttore, «avete proprio voglia di farmi perdere tempo. Via, via, fuori di qui.»

Il ragazzo lo guardò con una tristezza negli occhi che sembrava inconsolabile. Tanto che l'uomo quasi si commosse e pensò di fargli provare a fare l'uccellino, ma poi fu preso dalla stanchezza e il ricordo di tante prove mediocri lo spinse a sollevare una mano, allargando le sei dita come per un commiato gentile.

Il ragazzo dal campanellino all'orecchio gli lanciò un ultimo sguardo malinconico, poi saltellò sui due piedi pigolando proprio come farebbe un passerotto abbandonato dalla madre e infine con un salto volò verso la sola apertura che c'era in alto nella tenda di plastica, fece un ultimo verso e sparì nel vuoto agitando le braccia come un passerotto infelice.

Il direttore rimase a bocca aperta. «Chiamatelo, chiamatelo!» prese a gridare agli inservienti, che si precipitarono fuori cercando invano di raggiungerlo.

Uscirono tutti dalla tenda e videro un puntolino che galleggiava fra le nuvole.

Spil, figlia di nani

Un nano e una nana, dopo avere messo al mondo cinque figli tanto piccoli da poterli tenere chiusi in altrettante scatole di sigarette, desideravano molto un figlio alto. Andarono da un mago che diede loro una medicina da prendere cinque volte al giorno. «Il marito deve chiudere in bocca lo sciroppo e versarlo nella bocca della moglie, cinque volte al giorno per cinque giorni, ogni quinta settimana del mese,» disse il mago, e i due nani scrissero su un foglio ogni dettaglio di quella prescrizione.

Cominciarono con molta attenzione. Lui sorbiva dalla bottiglietta il liquido rossiccio e lo passava a lei facendo imbuto con le labbra. Lei lo inghiottiva e sorrideva. Il liquido era amaro ma loro erano così determinati a fare un figlio alto che continuarono coscienziosamente a seguire le prescrizioni del mago.

Dopo nove mesi nacque una bambina e subito si capì che era diversa da tutti gli altri: era così lunga che non stava in nessuno dei lettini di casa. Il padre, che era falegname, costruì apposta una culla lunga due metri in cui la bambina dormiva beatamente i suoi sonni. Ma per muovere la culla non bastava la mano della madre. Così tutti i cinque figli furono messi all'opera per spingere la zana della piccola Spilunga, come fu chiamata in famiglia.

In pochi mesi la bambina fu in grado di camminare. Ma era tanto alta che la mamma per allattarla fu costretta a costruire una scala di legno per arrivare alla bocca della figlia. Tre volte al giorno si arrampicava su per la scala, scopriva il piccolo seno e dava da bere il suo povero latte alla neonata che in due sorsi aveva esaurito la sua colazione e reclamava dell'altro. La bambina aveva perennemente fame e piangeva così forte che faceva tremare la casa. I fratellini si arrampicavano su per le sue braccia per andare a consolarla, ma lei piangeva ancora più forte.

Così i genitori furono costretti ad affittare una capra da un contadino. La mattina tiravano fuori la capra dal bagno dove dormiva, la facevano

salire su per le interminabili gambe di Spilunga detta Spil, le facevano attraversare l'ampia piazza della pancia, percorrere il lungo petto e il lunghissimo collo, finché non raggiungeva la bocca. Quando fuori era bel tempo la capra se ne stava sul terrazzo a guardare la strada belando desolata per la nostalgia del suo caprettino appena nato che aveva lasciato nella stalla. Ma anche il latte della capra dopo un po' non bastò alla bambina, che si fece magra magra.

Il padre allora ebbe una idea ingegnosa: costruì una madre finta, di legno, alta due metri, le appese al seno un secchio di latte mescolato con l'acqua, che si rovesciava nella bocca della bambina da un coperchietto che si trovava in cima al capezzolo. E così Spil si saziava. Ma certo le spese erano tante e i due nani cominciarono a domandarsi come avrebbero fatto ad andare avanti. Avevano già dato fondo ai loro risparmi e non si capiva come sarebbero andate a finire le cose.

Per mandarla a scuola col grembiule bianco come richiedeva il regolamento fu necessario tagliare e cucire un lenzuolo matrimoniale. Nelle scarpe di Spil, quando se le toglieva la sera, c'era tanto posto che a turno ci dormivano due dei fratellini più piccoli. In quanto alla cartella, furono necessari cinque giorni di lavoro per costruirla, cucendo stoffa, pelle e cartone. Fu il capolavoro di mamma nana. Che alla fine ci ricamò sopra pure il nome della figlia: Spil De' Nanetti.

Il problema era il cibo. La bambina mangiava tanto quanto tutti e sette i familiari e francamente cominciava a costare troppo alla piccola famiglia di nani. Così il padre e la madre pensarono di venderla. La portarono ad una fiera e la mostrarono a molti mercanti. Ma costoro la trovavano troppo magra e poco attraente, e rifiutavano di comprarla. Allora padre e madre si misero a nutrirla a forza. La ingurgitavano con panetti di burro, cosciotti di agnello. Per fare questo vendettero la casa di pietra che era di loro proprietà e andarono a vivere in una capanna. Ma Spil nella capanna non ci stava e così fu messa a dormire fuori, sotto una tenda, insieme al cane. «Prenderà freddo,» diceva la madre, «si ammalerà.»

Ma Spil era forte come un torello e sebbene dormisse quasi all'addiaccio non prese mai neanche un raffreddore. Finalmente, quando ebbe dodici anni e già aveva sviluppato due forti gambe da camminatrice, le braccia le si erano allungate e irrobustite come due alberi da nave, il collo le era cresciuto più di un metro e i capelli avevano germogliato tanto che facevano da coperta per tutta la famiglia, padre e madre trovarono un mercante che si prese la bambina per una trentina di ducati d'oro.

Così la famiglia dei nani tirò un sospiro di sollievo. «Certo, avevamo chiesto al mago un figlio alto, non un mostro di lunghezza,» dissero per giustificarsi della vendita. La bambina fu messa a bottega a vendere pezze di stoffa. Il mercante era molto fiero del fatto che la commessa potesse prendere le pezze sugli scaffali più alti senza arrampicarsi sulla scala. Ma Spil si annoiava tanto e di nascosto leggeva libri su libri che parlavano di avventure per mare. Sognava di vedere il mare che non aveva mai incontrato.

Un giorno nella bottega entrò un uomo grasso e grosso con un bel panciotto rosso amaranto tempestato di bottoni dorati, la guardò ben bene e disse: «Però, l'è proprio alta questa bambina. Quanti anni hai, pertica?» Spil rispose: «Tredici.» «Ti ingaggio per il mio circo, ti va? Guadagnerai un sacco di soldi e diventerai famosa.» Spil disse di sì e subito fu affidata alle sarte che le cucirono addosso dei vestiti a righe che la facevano sembrare ancora più lunga. In testa le fu calcato un cappello che finiva con un pompon rosso fuoco. Ai piedi un paio di scarpe bianche che sembravano due barche.

La vita al circo era durissima: sveglia alle cinque, e tutti dovevano aiutare a piantare paletti e issare corde per tirare su la tenda. Alle otto, dopo una colazione a base di patate bollite e latte dolce, dovevano andare agli esercizi che duravano fino alle tre. Quindi un pasto veloce a base di pane e salame e acqua di fonte. Poi di nuovo sotto la tenda a stendere tappeti e issare le reti, mentre gli acrobati facevano i loro esercizi lassù in alto. Alle sette tutto doveva essere pronto per lo spettacolo che cominciava con un rullo di tamburi. I tamburini erano gli stessi clown che poi si travestivano velocemente da pagliacci e qualcuno anche da domatore. In tutto erano una ventina, in quel circo piuttosto scalcagnato, ma sembravano cento tanto erano rapidi e bravi nel travestirsi, passando con un giro di ballo da un compito all'altro. L'acrobata Dolores, per esempio, prima di salire sui trapezi portava in pista un cavallino bianco e nero sulla cui groppa montava in piedi con un salto e faceva dieci giri dell'arena sorridendo serena come se fosse affacciata sul balcone di casa sua. La sera, dopo lo spettacolo mangiavano in fretta una minestra calda per poi mettersi tutti a ripulire l'arena, accatastare le sedie, disfare la gabbia dei leoni, spargere sabbia sulla pipì dei cavalli, allentare i tiranti, togliere i paletti e smontare la tenda. Solo verso mezzanotte potevano andare a letto, chiudere le tendine delle roulotte e dormire.

Coi soldi del circo, accantonati giorno per giorno, Spil riuscì a comprare una casetta per la sua famiglia. La mamma e il papà furono molto contenti della nuova dimora, che era in miniatura come quella per le bambole, con tante stanze, una per ogni figlio: un salottino che sarebbe entrato in un cassetto, una cucinetta grande quanto una cabina del telefono e un bagno che loro ritenevano enorme perché dentro ci stava una vasca a due piazze, delle dimensioni di un normale lavabo.

Dopo un poco però ripresero a lamentarsi: una domenica il fratello grande si doveva sposare con un'altra nana e servivano i soldi per il ricevimento, un lunedì la sorella più piccola doveva comprare i libri per la scuola, un giovedì poi era morta la nonna e bisognava pagare il fu-

nerale, il papà aveva bisogno di una nuova poltrona, eccetera.

In capo a qualche anno Spil era diventata famosa nella regione per le sue braccia serpenti-
ne: con un solo movimento distendeva la mano
fuori dalla finestra di una casa di cartone a due
piani che le avevano allestito nell'arena, acchiappava una gallina che razzolava nella pista
e la riportava dentro, con grande gaudio e ammirazione del pubblico domenicale. Riceveva
centinaia di lettere di gente che voleva sapere
cosa si prova a dormire coi piedi fuori dal letto
e come si fa a baciare un ragazzo con un collo
lungo più di un metro.

Ma Spil non aveva mai baciato nessun ragazzo. Pensava di essere un mostro e si vergognava
profondamente del corpo magro e allampanato
che nascondeva sotto maglioni sformati e vestiti lunghi e larghi.

Quando compì diciotto anni non poté più entrare nella sua casa sulle ruote e il direttore del
circo la mandò a chiamare. «Non ho soldi per
alzare il tetto della tua stanza,» le disse, «e poi
mangi tanto e mi costi troppo. Mi dispiace, Spil,
ma credo proprio che debbo mandarti via.»

Spil scoppiò a piangere. Dove sarebbe andata? Pregò e supplicò il direttore che la tenesse ancora al circo. Avrebbe fatto doppio lavoro, avrebbe pulito i bagni e lavato i piatti per tutti. Al che il direttore disse: «Va be', Spil rimani, ma mangia di meno, per favore. Un pollo qui da noi si divideva in quattro, tu te ne mangi due da sola in un solo giorno.»

Spil fece attenzione, mangiò di meno, lasciò stare il pollo e si riempì di pane intinto nell'olio. Lavò i piatti per tutti e si mostrò molto utile per agganciare gli anelli del trapezio alle parti più alte della tenda dove nessuno arrivava senza una scala. Ma una sera, mentre faceva il suo numero dentro la casa di cartone, sfondò con la testa il soffitto dipinto, le pareti si chiusero su se stesse e lei sprofondò con tutta la sedia e la gallina che corse starnazzando per la pista e il pubblico fischiò e protestò chiedendo a gran voce il rimborso del biglietto. Il direttore furibondo la mandò via gridando che lo aveva rovinato. «Solo per l'olio il mese scorso ho speso dieci ducati!» urlò mentre richiudeva la porta della tenda con un tonfo sordo, in mezzo ad un nugolo di mosche e di tafani. Spil provò a ricordargli che le doveva ancora un mese di stipendio, ma lui non le rispose nemmeno. E così la ragazza si trovò da un giorno all'altro senza casa e senza lavoro, con il collo che da ultimo le era cresciuto smisuratamente, le braccia che solo a farle mulinare un attimo spaventava anche i cani e i piedi che non entravano più in nessuna scarpa.

Tornò a trovare la famiglia nella casetta di nani, ma appena la videro si nascosero tutti spaventati. «Non sei una donna, sei una giraffa,» le disse la madre sconsolata. «Vedi, ti sto parlando ma non riesco a vedere neanche le tue orecchie. Vedo solo i tuoi piedi. Povera Spil, mi dispiace ma tu appartieni ad un altro mondo. Vattene, che spaventi i piccoli.»

«Posso darti un bacio di addio, mamma?» chiese Spil e si accucciò per terra, si fece piccola e provò ad avvicinarsi alla madre per dedicarle un bacio. Ma quella si era nascosta sotto il letto per paura della figlia gigante. «Non te ne avere a male, Spil, ma se mi baci magari mi rompi un timpano o mi spezzi un dente senza volerlo. Ciao, amore mio, ciao…»

Così Spil se ne andò sola per la strada che dal paese dove era nata portava verso la città. Tornò al circo ma scoprì che aveva già smontato le tende e chissà dove se n'era andato. Per terra erano rimasti i segni delle ruote dei carri e gli escrementi dei cavalli.

Cammina cammina, Spil si trovò la prima notte a dormire in un fienile dove gentilmente l'aveva accolta una contadina a cui era morto il marito il giorno prima. «Se mi aiuti a trasportare il cadavere sul letto, ti do del fieno per dormire e anche una scodella di zuppa.» Spil ringraziò e aiutò la contadina a trasportare il marito dal campo lontano dove era morto d'improvviso fino al suo letto, al secondo piano della casa di pietra. Lì ansando si sedette per terra mentre la donna spogliava, puliva e lavava il marito morto. La ascoltò pregare per tutto il pomeriggio. Poi, verso le otto, quando arrivarono i parenti, le fu offerta una scodella di semolino col latte che lei divorò d'un fiato. Certo per il suo corpo lungo lungo era poca roba, ma non osò chiederne una seconda porzione.

«Vuoi un poco d'acqua?» chiese la contadina. «Sì,» rispose Spil. La contadina la portò al pozzo e disse: «Tira su il secchio che mi serve per il bucato, di quella che resta te ne darò un bicchiere.» Spil infilò un braccio nel buio del pozzo, tirò su con la mano il secchio e si bevve tutta l'acqua che conteneva. «Ti avevo detto che mi serviva per il bucato,» disse la vedova. Ma quando vide con che facilità la ragazza lunga lunga cacciava il braccio dentro il pozzo e tirava su il secchio pieno senza neanche usare la carrucola, le propose di rimanere a lavorare per lei. «Ti do da mangiare e da dormire,» le disse guardando con ammirazione quelle braccia snodate e robuste «e tu mi farai qualche lavoretto.»

Spil acconsentì perché non sapeva dove andare. E la mattina dopo prese a trafficare per la vedova che era una donna di poche parole ma non cattiva. «Ora che mio marito è morto, puoi fare il suo lavoro nei campi,» le propose e la condusse giù nel campo di grano dove la aspettava il bue con l'aratro a chiodo. Il pomeriggio si fece aiutare a mungere le vacche. Di sera lavorarono insieme ai formaggi che poi la domenica portarono al mercato di Sant'Ilario.

Spil da principio era piuttosto goffa perché non aveva mai fatto la contadina: invece di spingere il bue con il pungolo, gli parlava e divideva con lui le bacche che trovava lungo il campo; quando mungeva mandava il latte fuori dal secchio, il formaggio nelle sue mani veniva fuori tutto storto e bitorzoluto. Ma in poco tempo divenne più esperta e ogni giorno mungeva almeno dieci secchi di latte. La vedova non diceva "Brava" ma lo pensava e la sera le offriva ora un intero cavolo fritto, ora delle rane in umido, ora della cotica di maiale in padella. Si rendeva conto anche lei che Spil lavorava più del marito defunto e che con tutto quel latte si facevano delle belle forme di cacio che la domenica venivano vendute al mercato a uno scudo l'una. Mai però le venne in mente di dare qualche soldo a Spil. Per gratitudine le aveva raddoppiato il fieno nella stalla. E per gratitudine le offrì un paio di zoccoli intagliati nel legno dal marito morto, ma i soldi finivano tutti dentro un paiolo che lei teneva chiuso nel solaio con un catenaccio grosso e pesante, la cui chiave serbava appesa al collo, sotto i vestiti.

Così andarono avanti sei mesi. La sera Spil era talmente stanca che non riusciva neanche a leggere. Si buttava sul giaciglio che divideva fraternamente con scarafaggi e topi, e si addormentava di botto.

La vedova la guardava e dentro la testa faceva progetti per lei che ormai considerava una cosa sua, a metà fra la schiava e la figlia che non aveva mai avuto. Infatti una sera, mentre cucinava la polenta e arrostiva un povero uccellino che era incappato nella rete che tendeva sotto le tegole, le disse: «Ti ho trovato marito. Lo incontrerai domenica al mercato. Ucciderò un porco in onore del vostro matrimonio. Poi verrete a stare qui. Vi lascerò la stanza da letto, tanto per me è troppo grande. Io dormirò in cucina come facevo prima di sposarmi. Farete dei figlioli che alleveremo insieme e diventeremo ricchi col latte e col formaggio e con la lana delle pecore.» Era la prima volta che la vedova sorrideva. Aveva tutti i denti neri ma gli occhi luccicavano e per una volta c'era perfino della tenerezza dentro il suo sguardo.

La domenica, al mercato, mentre Spil vendeva le caciotte ai contadini sospettosi che annusavano, tastavano e stentavano a tirare fuori i quattrini, vide avvicinarsi un tipo tracagnotto con le scarpe gialle e un berretto di martora in testa. «Questo è tuo marito,» disse la vedova, e li guardò contenta. Il giovanotto sorrise: anche lui aveva i denti tutti neri, sebbene non avesse ancora trent'anni. Era l'acqua dei pozzi, come le spiegò poi la donna, che faceva quell'effetto. «Anche tu fra qualche anno avrai i denti tutti neri. Vuol dire che sarai diventata una del posto,» disse soddisfatta.

Spil non pronunciò una parola. Ringraziò la vedova con un cenno del capo e indirizzò un mezzo sorriso al giovanotto dai denti neri, ma dentro di sé pensò che mai e poi mai si sarebbe maritata con un tipo simile. Quelle scarpe gialle poi la mettevano a disagio. Lei andava sempre a piedi scalzi. Solo la domenica, per presentarsi al mercato, si infilava gli zoccoli di legno e si metteva il vestito pulito della festa con le stelle blu su fondo bianco.

Quella notte, mentre la vedova dormiva e le mucche ruminavano nella stalla tiepida, si alzò dal giaciglio, ficcò il vestito della festa e gli zoccoli dentro un sacco, si pettinò alla meglio i capelli e uscì piano piano dalla porta. Prese a camminare in silenzio per il sentiero che dalla casa portava al paese e da lì, attraverso i campi, si diresse verso nord, dove sperava di incontrare il mare che non aveva mai visto.

Cammina cammina cammina, la notte si ritrovò in un bosco sconosciuto: i tronchi erano contorti, ricoperti di borse e di gobbe, come se avessero sofferto tanti dolori nel loro lento crescere. Il suolo era rivestito di foglie secche e i lunghi piedi della ragazza sembravano gemere ad ogni passo. "Cosa ci faccio al mondo?" si chiedeva la povera Spil. "Sono sola, nessuno mi vuole, non ho un lavoro, non ho una casa, non ho nemmeno un marito. Il collo cresciuto a dismisura mi fa assomigliare ad una giraffa, ho i piedi che mi escono dalle coperte e le braccia che sembrano serpenti. Che ci faccio in questo mondo? ti prego, Signore, prendimi con te, forse tu non mi guarderai come un fenomeno poiché proprio tu mi hai fatta così…"

Venne la notte e ad un certo punto Spil non ce la fece più ad andare avanti. Allora si raggomitolò sotto un albero e dormì fino ai primi raggi del sole. Appena sveglia, riprese a camminare. Aveva fame ma non c'era niente da mangiare, tranne qualche bacca nera che le lasciava sulla lingua un sapore amarognolo e pepato. Per bere trovò un torrentello le cui acque saltellavano fra le pietre. Il freddo si faceva più pungente. Ancora una notte dormì sotto un albero. Ancora un giorno camminò nei boschi senza sapere dove andasse.

La terza notte, mentre già pensava di lasciarsi morire sotto un albero, vide da lontano una piccola luce che brillava nel buio. "Che può essere?" si chiese impaurita. Ma poi fu contenta che ci fosse un segno di vita dopo tanto marciare in mezzo a boschi silenziosi e si avviò decisa verso quel bagliore.

Quando fu vicina, si accorse che la luce proveniva da una casa. Una bella casa più alta che larga, che aveva la porta socchiusa. Guardò dalla fessura e vide una stanza illuminata, un camino acceso e una sedia. C'era qualcosa in quella sedia che la impressionava, ma non avrebbe saputo dire cosa. Poi capì che era la sua altezza. Era una sedia più alta di tutte quelle che aveva visto fino a quel momento. Sembrava fatta apposta per lei.

Disse: «Permesso?» Ma nessuno rispose. Allora spinse la porta con la mano e quella si aprì lentamente con un lieve cigolio. Spil entrò e provò subito un senso di benessere. Il camino scoppiettava allegramente. La tavola era imbandita.

Dapprima si guardò intorno incuriosita e un poco intimorita: come mai la tavola era preparata, con un piatto fumante e un bicchiere pieno di vino? E dov'era andato il proprietario di questo pranzo? Provò a chiamare: «Ehi, di casa! C'è qualcuno?» Ma non le rispose nessuno. A questo punto la fame ebbe la meglio sull'educazione, e sebbene ancora con qualche titubanza, si accomodò sulla sedia e cominciò a divorare la deliziosa minestra di fagioli che fumava nel piatto. Bisogna ricordare che erano tre giorni che non mangiava, da quando aveva lasciato la casa della vedova e girovagava per i boschi bevendo l'acqua dei torrenti.

Una volta finito di pranzare, si alzò dalla sedia e prese a perlustrare la casa. Ma in realtà oltre alla stanza da pranzo o soggiorno che dir si voglia, c'era solo un'altra camera occupata quasi interamente da un letto lungo lungo e una finestra alta alta. Spil era così stanca e così assonnata che si lasciò cadere sul letto e si addormentò immediatamente. Prima di precipitare nel sonno ebbe appena il tempo di dirsi: "Però, è la prima volta che dormo in un letto abbastanza lungo per il mio corpo, e i piedi non mi sbucano fuori dalle coperte."

Quando si svegliò non riusciva a racappezzarsi: "Dove mi trovo?" pensò preoccupata. Da anni non dormiva su un materasso di piume come quello e da anni non riposava così bene. "Quanto avrò dormito?" Non c'erano orologi in quella casa. Tornò nel soggiorno dove trovò il camino sempre acceso, la tavola come l'aveva lasciata lei, coi piatti sporchi e il bicchiere a metà vuoto. "Ora pulisco," pensò, "non voglio fare l'ospite maleducata."

Si rimboccò le maniche e si mise a lavare le stoviglie. Ma proprio mentre stava con le mani nel sapone sentì un rumore che proveniva dalla porta. Sollevò la testa impaurita. E rimase di stucco: davanti a lei c'era un giovane bellissimo, con un bel ciuffo biondo che gli scivolava sulla fronte. Ma la cosa più sorprendente è che aveva il collo lungo lungo, proprio come il suo. E le sue braccia toccavano quasi terra, tanto erano smisurate, e i piedi sembravano due barche. Il giovane uomo teneva nelle mani dei ciocchi di legno e si apprestava ad alimentare il camino quando la vide e rimase anche lui a bocca aperta. Si rimirarono stupiti e rimasero un bel po' a fissarsi senza riuscire a spiccicare una parola.

Quando si furono ripresi lui disse: «E tu chi sei?»

«Io sono Spil. Questa è casa tua. Scusami se sono entrata, ma ero così stanca. Ho mangiato nel tuo piatto e dormito nel tuo letto. Mi perdoni?»

Il giovane la guardò, sorrise e disse: «Benvenuta, Spil. Ma come è possibile che tu abbia il collo così lungo? In vita mia non ho mai incontrato una persona che avesse il collo lungo come il mio.»

«Non lo so,» rispose Spil, «nemmeno io ho mai incontrato nessuno che avesse il collo lungo come il mio.»

«Mi chiamo Lazzaro e vivo qui da solo. E tu da dove vieni?»

«Vengo da Rosalia Soprana,» rispose Spil «e sono figlia di nani.»

«Figlia di nani, tu?»

«Sì, avevano pregato il cielo di dargli un figlio lungo lungo e il cielo ha mandato me.» Il giovane rise, e anche lei rise.

«Il cielo ti ha mandato nel posto sbagliato, Spil,» disse il giovane che nel solo vederla si era innamorato di lei. «Se vuoi rimanere, questa casa è tua. Costruirò un letto per due, un'altra sedia alta, e vivremo della legna del bosco come faccio io. Cercavo proprio una compagna, ma nessuna mi voleva perché sono troppo lungo e troppo alto.»

«Anche a me nessuno mi voleva per la mia altezza,» disse Spil incredula. «Davvero mi vuoi tenere con te?»

«Non lo vedi che siamo fatti l'uno per l'altra?»

disse lui, e la strinse a sé. Le quattro braccia lunghe lunghe si intrecciarono, i visi altissimi si avvicinarono e le labbra si incontrarono.

Così vissero felici e contenti Spil e Lazzaro, lunghi lunghi, alti alti, dentro una casa con le finestre lunghe lunghe, i soffitti alti alti e le sedie ben trenta centimetri più sollevate di quelle normali.

Cani di Roma

Conoscevo un cane di gran razza che era amico di un cane randagio. Il primo cane si chiamava Telemaco ed era un setter irlandese dal pelo ramato e dalla lunga falcata elegante. Era un cane molto schizzinoso, intelligente e consapevole della sua bellezza che tutti ammiravano. Per quanto riguardava le amicizie però era bizzarro: preferiva i bastardi ai cani di lignaggio come lui.

Il suo amico preferito si chiamava Blob, era un bastardo grosso e grasso, con la coda mozza, la testa da lupo e il corpo da segugio. Era decisamente un cane brutto ma molto arguto e intelligentissimo.

Blob e Telemaco si vedevano di nascosto, perché i padroni di Telemaco non amavano che lui frequentasse un cane come quello. Ma Telemaco non era il tipo da farsi imporre niente.

Quindi scappava di casa e se ne andava per la città con la sua falcata regale e nessuno osava fermarlo. Perfino l'accalappiacani quando lo vedeva camminare così fiero ed elegante non si azzardava a lanciargli il laccio; era sicuro che da qualche parte ci sarebbe stato un padrone che avrebbe protestato e magari lo avrebbe pure preso in giro per l'equivoco.

Telemaco, manco a dirlo, abitava in un meraviglioso appartamento con i pavimenti di legno pregiato che gli umani chiamano parquet, e le doppie finestre e tanti tappeti che puzzavano di naftalina. La mattina una donna col grembiule bianco cucinava per lui una zuppa buonissima fatta di carne fresca e riso e verdura e poi la rovesciava dentro una ciotola di metallo sempre pulita e gliela appoggiava per terra sul terrazzo, fra due gardenie, una palma nana e un gigantesco ibiscus.

Le sue pappe, insomma, erano sempre fresche e profumate di fiori. Non che questo piacesse particolarmente a Telemaco, che avrebbe preferito qualcosa di meno profumato ma di più vario e sostanzioso, qualche salsiccia, per esempio, cibo proibitissimo per lui, a detta del veterinario che veniva a visitarlo una volta al mese, oppure un osso raccolto nella spazzatura, altra cosa vietata.

Blob invece abitava sotto un ponte del Tevere, assieme ad un barbone che si era costruita una casupola con pezzi di legno di varia misura trovati nei cantieri e inchiodati insieme, il tutto coperto da un telo spesso di plastica celeste. Mangiava quando mangiava il barbone, spesso una sola volta al giorno, se non saltava del tutto i pasti e dormiva a stomaco vuoto. Le sue pappe consistevano in un pezzo di pane duro, un groviglio di spaghetti freddi che il barbone rubava ai gatti del lungotevere, oppure qualche osso sporco che veniva gettato nelle immondizie e da lì tirato fuori e bollito per ricavarne brodo. La sera Blob accompagnava il suo amico barbone, che si chiamava Trucibaldo, in giro per le strade della città in cerca di cibo. Ad ogni cassonetto si fermavano, e il cane aspettava annusando gli alberi intorno che Trucibaldo trovasse qualche resto di pizza o qualche arancia muffita o qualche osso spolpato per dividerlo col suo Blob.

Telemaco aveva un padrone e una padrona che si vedevano poco in casa e soprattutto si guardavano bene dal portarlo a spasso, salvo la domenica che era il giorno di festa della donna di servizio. Blob invece era sempre in giro, notte e giorno, tanto che a volte quando tornava sotto il ponte, era stanco morto e non faceva in tempo a sdraiarsi che già dormiva della grossa.

Telemaco appena poteva scappava, correva dal suo amico Blob e insieme gironzolavano sul greto del Tevere, o trotterellavano appresso al vecchio Trucibaldo cercando cibo. Era una caccia, la loro, e Telemaco la preferiva a tutte le noiose giornate di cibo abbondante e di giretti asfittici appresso alla domestica Danda, che appena poteva lo picchiava sulla testa dicendo: «Sta' buono, Tele, se no ti ammazzo.» Ma in realtà aveva imparato che erano solo minacce senza seguito. Non l'avrebbe ammazzato nemmeno se glielo avessero ordinato i padroni, perché gli voleva bene, anche se volentieri lo prendeva a pantofolate sulla testa. Ma lui sapeva come farla ridere: si appiattiva per terra come una rana con le zampe davanti e quelle dietro stese sul parquet. Faceva il buffone, insomma, per evitare le botte, e questo gli bruciava un poco. "Ma con gli umani è così," si diceva, "devi farli ridere o piangere, altrimenti ti mordono."

Una bella mattina di prima estate, quando ancora non faceva tanto caldo e le acque del Tevere scorrevano pesanti e scure nel mezzo della città, Telemaco uscì con la sua tata per andare a fare la solita passeggiata ai giardinetti di piazzale Flaminio. L'asfalto era tiepido, c'era in aria un odore buono di escrementi di cavallo seccati al sole che lo metteva di buonumore. "Saranno passati i cavalli dei carabinieri," si disse. Provò a tirare il guinzaglio, ma Danda non lo lasciava andare. «Questa volta non ti slego neanche morta, non voglio correrti dietro,» diceva lei con voce seccata. Lui procedette un poco accanto alla donna facendo finta di niente. Poi, mentre lei guardava un vestito luminoso dentro una vetrina, diede uno strattone al guinzaglio e riuscì a liberarsi. Prese a correre trascinando il guinzaglio per terra. Ma doveva andare veloce se no lei lo raggiungeva. La sentiva chiamare con voce affannata mentre saliva le rampe del giardino: «Telemaco! Telemaco! Vieni qui!»

Ma Telemaco non si lasciò raggiungere e in dieci minuti di corsa raggiunse il Lungotevere, scese le scalette che portavano al ponte e si trovò nella camera da letto di Trucibaldo: un materasso macchiato e strappato steso per terra, protetto da una coperta legata alle quattro estremità da uno spago che poi era stato girato intorno al tronco di un pino tutto storto e bitorzoluto.

Telemaco fece le feste al vecchio e poi si guardò intorno cercando Blob. Ma Blob non c'era. Si avvicinò a Trucibaldo per chiedergli dove fosse il suo amico. Trucibaldo gli carezzò la testa, gli tolse il guinzaglio che pendeva dal collo e gli fece un lungo discorso, di cui Telemaco capì poco o nulla. Intese solo che Blob era stato portato via da qualcuno. Ma da chi? Trucibaldo piangeva mentre continuava a riversargli addosso il suo brodo di parole incomprensibili che si mescolavano alle lagrime. «Rubato, kaput, capisci, kaput, come una farfalla... ma io so che non sono stati i pesci, anche se qui nel Tevere dicono che ci sono i coccodrilli. Povero me.»

Telemaco pensò che non serviva a niente piangere: bisognava subito trovare Blob. E per questo si mise in moto agitando nervosamente la bella coda rossa. Avanzava muso a terra per seguire gli odori che l'avrebbero portato se non proprio a Blob per lo meno alle sue ultime tracce.

Per fortuna Blob, come il suo padrone Trucibaldo, si portava addosso odori forti, di peli non lavati, di dormite all'aperto, di cibo cattivo e di croste non pulite. Telemaco continuava a zampettare, col muso per terra lungo i bordi del Tevere. Ma ad un certo punto dovette fermarsi perché gli odori cessavano di colpo. E proprio su una grossa roccia grigia che sporgeva fuori dal fiume.

Provò a infilare il naso nell'acqua ma anziché l'odore inconfondibile di Blob sentì solo il pizzicore dell'acqua fredda dentro le narici. Tirò su il muso, si scrollò le gocce di dosso e continuò a trotterellare. Ma non c'erano più tracce di Blob. Doveva essersi fermato su quella pietra. Telemaco si fermò, muso all'aria, a meditare. Dove poteva essere andato? lungo il Tevere? per fare che? qualcuno l'aveva fatto affogare? senza volere prese a guaire disperato. Ma poi si disse: "No, non serve a niente piangere, guardati intorno, cerca delle tracce."

Infatti si mise a osservare da vicino la pietra grigia su cui salivano e scendevano delicatamente piccole onde di acqua dolce. "E questo cos'è?" si disse, guardando meglio… Proprio sotto una sua zampa notò una traccia fresca di vernice verde. Avvicinò il naso, allungò la lingua e diede una tastata: e stabilì che quella era vernice fresca di barca. Aveva quel sapore di olio di pesce, di catrame e di alghe marce tipico delle barche di fiume. Da che parte poteva essere andata? Sollevò il muso e sentì il vento che soffiava da nord. E col vento avvertì il sentore di olio di pesce che scivolava verso sud. Certamente la barca si era diretta in quella direzione. Riprese il cammino sul Lungotevere col muso per aria, le orecchie ben tese e tutti i muscoli del corpo in tensione.

Fece un centinaio di metri e trovò il cammino ostruito dai resti di una barca affondata, in mezzo ad un intrico di corde e rovi. Come andare avanti? Provò a farsi strada in mezzo ai rovi ma si riempì di graffi. Si accorse che le sue zampe sprofondavano in un pantano subdolo e molliccio. Tornò indietro perplesso. L'odore della barca infatti ora era più nitido e preciso e lo guidava verso la foce. Cercò a lungo con gli occhi finché non scorse un'asse mezza affondata nella melma. Provò a raspare il fango. Poi coi denti la tirò a sé. L'asse fece resistenza. Ma Telemaco non si lasciò scoraggiare e a furia di strattoni riuscì a estrarre il legno dalla mota. Prima tastò l'asse con una zampa. Poi, visto che era robusta, vi montò sopra e usandola come fosse una zattera riuscì ad allontanarsi dalla riva, aggirando l'intrico di rovi e i resti della barca affondata.

Ma mentre stava per tornare sulla riva, una volta superato l'ostacolo, si accorse che la corrente, velocissima, lo stava trascinando verso il centro del fiume. Provò a usare la coda come un timone. L'asse prese a ruotare su se stessa e per poco non lo buttò di sotto.

Come poteva tornare a riva? Il legno ormai seguiva la corrente e si dirigeva veloce in direzione della rapida di ponte Mollo.

Cercò di fare resistenza, ma non ci riuscì. Era in balia delle correnti. Guardò davanti e vide la rapida che si avvicinava. L'acqua turbinava rabbiosa, si gettava a capofitto da un'altezza di due metri sul gradino sottostante prima di riprendere il lento cammino verso la foce. Che fare? Come fermare quell'asse impazzita? Telemaco rimase in piedi sul legno pensando ad una soluzione ma non ne trovava.

A pochi metri dal salto capì che la sola cosa da fare era gettarsi in acqua. Non era mai stato dentro un fiume, ma sapeva che i cani per istinto sanno nuotare, o perlomeno lo sperava. Ave-

va sentito Danda dire che i cani sono ottimi nuo-
tatori. Ma come si faceva a nuotare? Chiuse gli
occhi e si gettò nelle acque fredde e limacciose.
Subito andò sotto, bevve due enormi sorsi di roba che sapeva di fango. "Addio vita, sono morto," si disse, lasciandosi andare alla corrente.
Ma una voce in lui insisteva: "Non mollare! Tira
su la testa e nuota." Ma come? "Agita le zampe
velocemente e tieni il muso fuori dalle onde."
Così fece e si trovò miracolosamente a galleg-
giare nelle acque torbide. Ma la corrente continuava a spingerlo verso le rapide. Cosa avrebbe
fatto in quell'ingorgo di acque, sbattuto da una
pietra all'altra?

"Alza la testa, stupido, alza la testa!" sentì dire la voce interna. E difatti sollevò il capo e vide
un ramo che sporgeva a pelo d'acqua e gli veniva incontro rapidamente. Con un enorme
sforzo si sollevò e si aggrappò al ramo. Era salvo. L'acqua ruggì, furiosa di avere perso quella
preda, e lui, tenendosi stretto al ramo riuscì a
guadagnare la riva.

Saltò su una spiaggetta livida. Si scrollò con
uno scossone che fece schizzare le gocce da
tutte le parti. E sedette sulle zampe posteriori,
tremando. Aveva freddo e fame. Ma l'idea di

Blob non lo abbandonava. Ricominciò ad annusare il suolo cercando le tracce di quell'odore di olio di pesce e di catrame che lo aveva guidato prima. Ora il tanfo si era affievolito, ma c'era ancora. Segno che la barca era passata da quella parte. Allora riprese a camminare lungo la riva che adesso sembrava un immondezzaio, cosparsa com'era di bottiglie di plastica, sedie rotte, sacchetti della spesa bucati, pezzi di gomena, perfino un paio di scarpe di gomma dalla punta che sorrideva senza denti.

Telemaco seguiva concentrato l'odore inconfondibile della barca che però a momenti quasi scompariva e poi tornava fuori prepotente. Ad un certo punto sentì una mano che lo acchiappava per il collare. «Un cane perso, hai visto Caterì? Portiamolo al canile, c'è da guadagnare qualche lira,» sentì una voce sopra di lui. Sollevò il muso e vide un uomo in canottiera, con due baffi grigi, una rosa nera tatuata sul braccio, un grosso braccialetto d'oro che gli pendeva dal polso. Fece finta di seguire l'energumeno che prese a tirarlo verso riva tenendolo per il collare. Dietro di lui arrancava una bambina dal vestitino corto e macchiato d'unto. Telemaco sapeva per antica abitudine che la stretta al collare non sarebbe stata sempre uguale, che ci sarebbe stato un momento di stanchezza. Quindi filò tranquillo accanto all'uomo che si voltava a parlare con la bambina: «Bello, questo cane. Di sicuro appartiene a gente ricca. Forse anziché al canile lo portiamo a casa. Lo leghiamo e chiediamo un riscatto. Che ne dici? Vedrai che c'è già l'annuncio sul giornale. Guarda che bel pelo! Questo mangia bene e tutti i giorni,» ridacchiò toccandogli con l'altra mano il pelo sul capo. Telemaco fece finta di niente. «Ma non morde?» chiese la bambina da dietro. «No, è un cane educato si vede...» «Lo possiamo tenere, papà?» «Tenere che? tenere che? Sei matta!» A questo punto l'uomo inciampò su un sasso e allentò la presa. Telemaco, che aspettava l'occasione da tempo, fece un balzo in alto, si liberò e cominciò a correre come un pazzo lungo il terreno sconnesso. Sentì l'uomo che gridava: «Accidenti a te, pezzo di maiale, ora ti prendo e ti ammazzo.» Ma lui fu più veloce, si infilò fra i cardi, saltò sopra un rotolo di cavi d'acciaio, superò al volo una pozzanghera piena di acqua fangosa e si allontanò rapidamente. Udì lontano la voce acuta della bambina che strillava: «Papà, papà, è scappato.

Acchiappalo!» Ma chi lo acciuffava più? L'uomo arrancava lungo il fiume, ma si fermò rabbioso davanti alla pozzanghera riflettendo se era il caso di infilarci i piedi o di aggirarla col rischio di sprofondare nelle melme del fiume.

Telemaco era di nuovo libero e col muso per terra aveva ripreso a seguire le tracce della barca dai fianchi verdi. Ormai non lo spaventava più niente. Saltava gli ostacoli con l'agilità di una lepre, correndo come non aveva mai corso in vita sua. Ogni tanto però sollevava la testa e girava gli occhi intorno per assicurarsi di non essere seguito e per prevenire pericolosi incontri.

Improvvisamente sentì che l'odore si faceva più forte, più intenso. Le sue narici presero a contrarsi. Alzò la testa e si accorse di essere arrivato di fronte ad una di quelle case di legno che galleggiano sul Tevere, appoggiate su chiatte di legno e legate alla riva da robuste corde di acciaio.

Annusò a lungo quasi toccando i sassi scivolosi di alghe con le narici, annusò ogni filo d'erba, ogni pietra, ogni grumo di terra. L'odore di olio di pesce, catrame e alghe marce finiva lì, ma non si vedevano barche intorno. La casa, fatta di vecchie assi mezze marce, era chiusa da ogni parte.

Una sola porticina si disegnava su un fianco ed era sbarrata con due assi inchiodate di traverso. Il ponte della chiatta era vuoto e deserto, non c'erano nemmeno quei vasi di gerani che le altre case sul Tevere ostentavano sui balconi. Sembrava disabitata. E il ponticello di legno che la collegava alla riva era sollevato e assicurato saldamente ad un gancio con un lucchetto.

Telemaco rimase qualche minuto lì in piedi a fissare la casa senza sapere che fare. Poi sentì un guaito lento e basso. "E questo cos'è?" si chiese stupito. Un momento dopo fu raggiunto da altri guaiti e comprese che erano le voci di più cani chiusi lì dentro. "Forse Blob è tra di loro," si disse. Provò ad abbaiare a voce alta per farsi sentire. Ma dall'altra parte ci fu solo silenzio. "Avrò sbagliato," si disse e si voltò per andare via. Il sole all'orizzonte stava calando e lui era ancora bagnato. Aveva freddo e fame e la voglia di tornare alla sua cuccia calda si faceva sentire. "Ripasserò domani a vedere," pensò, scrollandosi di dosso altre gocce guizzanti.

Ma proprio nel momento in cui girava le spalle alla casa sulla chiatta, fu raggiunto da un abbaiare che gli fece raddrizzare le orecchie. Era lui, Blob, non c'era dubbio. La voce del suo amico fu seguita da una serie di ululati di altri cani che evidentemente, ormai gli era chiaro, si trovavano chiusi in quella casa galleggiante.

Bisognava assolutamente liberarli. Ma come?

Telemaco ci pensò su a lungo. Si grattò un orecchio, poi l'altro, sempre riflettendo, ma non gli veniva in mente proprio niente. La casa era chiusa da tutte le parti. Non c'erano finestre visibili. La scaletta che univa la barca al suolo era sollevata e legata in alto a un uncino di ferro fuori dalla sua portata, l'unica apertura era sprangata da due assi inchiodate a croce. Che fare?

Mentre rifletteva, sentì un rumore di passi umani e subito si nascose dietro un cespuglio per non farsi riacchiappare un'altra volta per il collare. E dal rifugio dietro le foglie vide un giovanotto coi pantaloncini corti color vinaccia e una canottiera sbrindellata che si avvicinava alla casa galleggiante. Appena i cani percepirono i passi o forse l'odore dell'uomo, tacquero spaventati. Anche Blob aveva smesso di abbaiare e uggiolare.

L'uomo aprì il lucchetto, srotolò la corda che teneva sollevato il ponticello, lo sistemò contro il bordo dell'attracco e ci salì sopra. Poi ruotò su se stessa una delle assi che sembrava inchiodata e aprì la porta, giusto una fessura per poterci entrare dentro. Con sé portava un sacco che doveva contenere qualcosa da mangiare per quelle povere bestie. Poco dopo Telemaco lo vide uscire di nuovo, tirare su con un secchio l'acqua del fiume e trascinarlo dentro chiudendosi la porta alle spalle.

Telemaco attese finché non capì che l'uomo stava sbarrando di nuovo l'apertura. Lo vide rimettere a posto l'asse a croce che teneva ferma la porta, scendere dal ponticello con un salto sulla riva, sollevare la scala e assicurarla al gancio con due giri di corda. Fischiettando si allontanò senza guardarsi indietro. I suoi gesti erano quelli di una persona che li compie tutti i giorni, sempre uguali e quasi automatici.

Telemaco si assicurò che l'uomo si fosse allontanato. Poi si avvicinò alla barca. Vide che la distanza non era così grande da non poterla superare con un gran salto. Prese la rincorsa e approdò sul pontile. I cani, in silenzio nella loro prigione, trattenevano il fiato. Blob, soprattutto, che aveva riconosciuto il suo amico e sperava che lo liberasse.

Telemaco si avvicinò cauto alla porta. Diede

uno sguardo intorno per accertarsi che l'uomo non fosse nei dintorni. Si issò sulle zampe posteriori e provò a girare l'asse su se stessa. Ma per quanti sforzi facesse non ci riusciva. Tentò coi denti e con le due zampe, mentre avvertiva l'ansito dei cani che da dentro premevano impazienti. Finalmente, al quinto tentativo, riuscì a fare ruotare l'asse che scivolò sul cardine, e la porta si aprì lievemente. Dentro era buio. Qualche lama di luce si insinuava fra le fessure delle tavole. Il caldo soffocante rendeva i cani prigionieri furibondi. Stavano tutti lì, dietro una grata di ferro, con la lingua di fuori. Si vedevano gli occhi scintillare nel buio. Telemaco guardò in mezzo al mucchio di cani e riconobbe subito il suo amico Blob che ansimava, magrissimo, con le orecchie piene di croste e la coda fra le gambe. Telemaco gli leccò il naso attraverso la grata. Ma come aprire quel cancello e liberare i cani?

Blob abbaiando gli fece segno di voltarsi verso la parete vicino alla porta. Telemaco si girò e vide una chiave enorme che pendeva da un chiodo. Troppo in alto per lui. Come fare? Il respiro dei cani si faceva più affrettato. Qualcuno uggiolava. Ma nessuno abbaiava. Avevano capito che non era il caso di attirare l'attenzione di chicchessia in quel momento delicato in cui si decideva della loro sorte futura.

Telemaco, i cui occhi si erano finalmente abituati alla semioscurità, vide che i cani si stavano voltando in modo da appoggiare il sedere alla grata. "Ma che fanno?" si chiese, "sono matti?" Invece scoprì che i più robusti di loro avevano spinto le code fuori dai quadrati di ferro e le avevano intrecciate in modo da formare una specie di gradino su cui Telemaco avrebbe potuto arrampicarsi per raggiungere la chiave. Quando capì, pensò che davvero la paura aguzza l'ingegno. Si arrampicò su quel viluppo di code e puntando le due zampe davanti sulla parete e spingendo col muso riuscì a liberare la chiave. Quindi scese trionfante con la chiave in bocca. Ma non sapeva come usarla. I cani, che seguivano tutta la scena trattenendo il fiato, lo aiutarono, chi con la coda, chi coi denti, insegnandogli come infilarla nella toppa e come girarla. Avevano visto tante volte l'uomo che lo faceva e sapevano come funzionava.

Finalmente il cancello di ferro si aprì con un cigolio stridulo e i cani si lanciarono fuori spingendosi e urtandosi. Uscirono a frotte sul pontile della barca e qualcuno si buttò in acqua per

fare più in fretta ad allontanarsi. Altri spiccarono un salto come aveva fatto Telemaco e si dispersero sul lungofiume.

Blob seguì Telemaco lungo la riva e, in silenzio, saltando gli ostacoli, arrivarono fino al ponte sotto cui Trucibaldo piangeva la morte del suo amato cane.

Quando li vide arrivare tutti e due, il barbone si alzò e zoppicando si precipitò ad abbracciarli: «Ma dov'eravate finiti? vi ho cercato disperatamente...» Il che non era vero, perché Trucibaldo era pigro. Si era limitato a invocarli mandando giù sorsate di vino cattivo.

«Dove l'hai trovato?» chiese Trucibaldo accarezzando il suo Blob, tanto dimagrito che non si riconosceva. «Ma questo non è il suo collare,» disse Trucibaldo, osservando la striscetta di stoffa che circondava il collo di Blob. Lo sciolse, se lo portò sotto il naso: i suoi occhi erano molto deboli. «Non capisco che c'è scritto. Aspetta che accendo un cerino.» Col fiammifero in mano sillabò: «Lotto 22. Cani da esperimento. Da portare all'ospedale dopo il 15 agosto. L'hai scampata bella, Blob mio... chissà che ti facevano lì dentro, legato, spellato, costretto a subire gli esperimenti di quei matti di scienziati!»

«Ora tu torna a casa, che i tuoi padroni ti cercano disperatamente,» disse poi rivolto a Telemaco. «Sono venuti fin qui a chiedermi se ti avessi visto. Ho risposto di no naturalmente ma hanno scoperto il tuo guinzaglio e così ho dovuto dire che eri andato a cercare il mio Blob.»

Ma Telemaco non aveva nessuna intenzione di ripresentarsi ai suoi padroni, che lo rimpinzavano di leccornie ma lo tenevano prigioniero come quei cani dentro la casa-barca. Agitò la coda e si mise spalla a spalla col suo amico Blob, come a dire: d'ora in poi starò qui con lui. Blob fece un salto di gioia. Gli leccò un occhio, felice. Trucibaldo gli accarezzò la testa: «Vuoi rimanere? E allora rimani. Non ti posso negare niente, dopo che hai salvato il mio Blob.» Telemaco capì di essere stato accettato. E per mostrare che sapeva rendersi utile, si accinse a staccare coi denti le zecche sulle orecchie dell'amico Blob.

Dei tanti cani che fuggirono dalla casa prigione galleggiante sull'acqua, solo pochi si salvarono correndo verso la campagna e nascondendosi nei cespugli. Alcuni affogarono. Altri furono acciuffati dagli accalappiacani che li cacciarono dentro un'altra prigione, anche se non furono

più destinati agli esperimenti. Certuni piu fortu-
nati trovarono una famiglia che li adottò e volle
loro bene.

Così finisce la storia di Telemaco e Blob, i due
cani di città che per amicizia vinsero le difficoltà
della faticosa vita dei cani.

L'Alto e il Basso

*Sono testi difficili da definire, questi, dovuti
a una grande e raffinata scrittrice. Dopo una lettura
inadeguata, frettolosa e convenzionale, si potrebbero
anche chiamare "fiabe" e qualcosa, ovviamente,
di autenticamente fiabesco, qui si può certo trovare.
Poi qualcuno, sbagliando completamente,
li definirebbe anche "favole": però la robusta qualità
dell'invenzione, unita alla leggerezza ineffabile,
fanno proprio escludere che qui sia presente
la favola, anche in dose minima. E non sono novelle
o racconti, per quella loro tendenza a rompere
convenzioni, a scivolare via, a non attenersi
a schemi, a non seguire itinerari un poco noti.
Forse si può azzardare di chiamarli "narrazioni
morali", mettendo però subito in guardia nei
confronti di ben noti equivoci. Si tratta della stessa
moralità che Baudelaire assegnava ai giocattoli,
e certo l'occhio di Dacia ha guardato a lungo
nella stessa direzione a cui si rivolgeva Baudelaire
quando scriveva la "morale del giocattolo". Bisogna
abbassare lo sguardo, bisogna collocarsi nelle scene
finali di* Quarto Potere *di Orson Welles, dove si vede
l'imponente museo personale, o immenso
contenitore, o mostruoso magazzino dove Kane,
a Xanadu, ha voluto raccogliere tutti gli emblemi
di una vita, facendoci però ben capire che quella è
interamente racchiusa in un solo oggetto, privo di
connessioni con statue, quadri, cornici: tutta
l'esistenza di un uomo immensamente ricco,
follemente potente, è collocata in uno slittino adatto
ai giochi di un bimbo, uno slittino che ha anche*

un nome e si chiama Rosebud.

Sono tutti fratelli dello slittino di Kane, quelli di cui Dacia racconta l'esistenza. Vivono la loro vita morale accanto agli uomini, sono spesso più morali degli uomini che li possiedono, possono ben pretendere di durare molto di più degli uomini che li hanno creati, fabbricati, collocati, regalati, perché in essi noi tutti mettiamo qualcosa di noi che non trova spazio in altre dimensioni. Scarpe, tante scarpe, poi coperchi, pentole, tazzine, tavoli, orologi, orsacchiotti: Dacia guarda verso il Basso, ma è verso l'Alto che indirizza i nostri sentimenti. Due fondamentali romanzi di Dacia: Memorie di una ladra e Isolina posero ai lettori, quando apparvero, le stesse domande, anzi le stesse questioni che filosoficamente si ritrovano qui, in queste storie morali.

Non si tollerano censure, equivoche carezze, falsi ammiccamenti, soprattutto non si sopportano sprechi. Si guardi proprio a Dolly, perché Dolly risultò un simbolo, divenne un emblema, suscitò saggi, articoli, convegni, lezioni da variegati pulpiti. Eppure si è presi dal sospetto che l'unica Dolly possibile sia questa qui descritta, una Dolly che riconduce l'orrore della clonazione ai suoi terribili confini quotidiani, che ci fa capire che cosa potrebbe accadere, non salendo su una cattedra, ma spiando le incognite apparentemente minime di una quotidianità stravolta.

Del resto un cavolo ci conduce fino a Gesù bambino, ma con una forza propriamente evangelica.

Il bambino dei Vangeli Apocrifi è umano, troppo umano, però ha effuso un'aura sacra su tutti gli oggetti che dalla nascita alla croce possono avere scandito la vita del redentore. Un povero falegname, del resto, e una mangiatoia, una stalla, la mancanza di vino alle nozze di Cana: lo sguardo rivolto al Basso vede le stelle.

Isolina, uccisa e massacrata, l'Italietta di allora, dipinta, fotografata, raccontata come l'Italietta delle dolci notti illuminate dalle lucciole, Isolina fatta a pezzi dalla vita e da un bell'ufficiale, era come la ladra, era come tante creature della vicenda letteraria di Dacia. Sono storie che si leggono con la stessa partecipazione, eternamente sbigottita, con cui ognuno di noi legge i faits divers, ma sono però ben lontane, appunto, dai fattacci. Qui la "morale del giocattolo" richiama anche Hoffmann e Andersen, perché questo grande libro di exempla morali è capace di suscitare il ricordo dei due grandi narratori. Il repertorio ripropone nani e riesplora il circo, si sposta dal piccolissimo al gigantesco, torna a rivedere la "gulliverizzazione", perché quello che accade ai lettori di Swift si ripropone ai lettori di Dacia.

Gli oggetti sono crocevia, sono territori incrociati, come i destini di Calvino: quella pentola ha assistito a un delitto, quelle scarpe hanno impedito un suicidio. Certo il libro di Dacia si oppone alla fredda serialità di tutto quanto oggi circonda gli omologati abitanti del pianeta. Queste storie devono essere lette a voce alta, perché poi verranno discusse: del resto la lingua si presta a suscitare grande oralità, perché è fresca e sapiente come quella delle antiche novellatrici.

È un mondo attuale, se si pensa a Dolly, ma è anche un mondo inattuale se invece ci si lascia attrarre

dai tanti sogni qui proposti, che sono come
incorniciati da altri mondi, da altre esistenze.
Un libro come questo induce poi, anzi costringe,
a chiederci che cosa sia, oggi, la letteratura giovanile,
tra schiamazzi e mode, tra generi letterari di cui
si abusa e tam tam planetari che comunque riescono
a far vendere, se non a far leggere.
Dacia, per esempio, ritrova la "costante esopiana",
che è un altro dei miti di fondazione della Grande
Esclusa. Però se leggiamo l'insinuante cronaca
dei cani di Roma, il nostro Esopo onirico invece
si allontana. Perché sono cani struggentemente veri
e tuttavia sono soprattutto icone, sono uno splendido
esempio di come una metafora alluda a noi,
al nostro disagio, alla nostra precarietà. I cani di
Roma dicono che la metropoli è sbadatamente ostile,
così come il vecchio zio siciliano alcolista può
alludere a ogni tipo di sconfitta, mentre la coppia
di nani che produce una figlia altissima chiarisce
che la vita è tutta uno scialo, come scriveva Montale,
e le occasioni non sai mai vederle, sfuggono,
si dileguano.
I lettori abituali di Dacia la scoprono un poco diversa,
in questo libro diverso. Si dovrebbe aprire una grande
questione sul problema dei grandi scrittori
normalmente per adulti che scrivono libri per ragazzi.
Autorevolmente si è detto: non percorrete questa
strada, non serve, state attenti, i grandi scrittori
per adulti non ce la fanno a cambiare destinatari.
Eh, ma non è mica sempre vero.

ANTONIO FAETI, 2003

Indice

Finito di stampare nel mese di dicembre 2015

presso  Grafica Veneta S.p.A.

via Malcanton, 2 – Trebaseleghe (PD)

RCS
Libri

ISBN 978-88-17-03107-3